U0024591

官商鬥法

第二輯

之4

民不與官鬥

目錄 CONTENTS

第一章 ◆ 龍頭企業 …… 5
第二章 ◆ 新仇舊恨 …… 27
第三章 ◆ 一場誤會 …… 55
第四章 ◆ 民不與官鬥 …… 75
第五章 ◆ 藕斷絲連 …… 101
第六章 ◆ 最佳賢內助 …… 129
第七章 ◆ 強硬靠山 …… 149
第八章 ◆ 臨陣倒戈 …… 173
第九章 ◆ 不雅照片 …… 197
第十章 ◆ 葫蘆裏的藥 …… 225

第一章

龍頭企業

張琳搖搖頭說：「城邑集團是海川市房地產業當中的龍頭企業，每年給海川市財政貢獻多少稅款啊？金達能就這樣子把城邑集團毀掉嗎？一個龍頭企業如果在他手裏遭受重創的話，他這個市長也是不好交代的。」

第二天，臨近中午的時候，孫守義打了個電話給丁江，說：「丁董啊，有時間跟我吃頓飯嗎？」

丁江說：「孫副市長邀請，沒時間也得擠出時間來啊。」

孫守義說：「行，我們就在海川大酒店見面吧。」

孫守義約了一個各方人物出入最多的海川大酒店，因爲他覺得他和丁江都是海川的頭面人物，如果突然出現在一個很偏僻的地方，反而會更加引人矚目，還不如光明正大的出現在海川大酒店，讓別人都看到，這樣起碼可以給人一種坦然的感覺。

見到丁江，孫守義立即跟他握了握手，說：「我要謝謝你啊，丁董，感謝你對我的工作這麼大力支持。」

丁江笑笑說：「孫副市長太客氣了，我們不過是把該付給市府財政的錢給付清了而已，這是應該的啊。」

孫守義稱讚說：「現在這個社會是很反常的，很多人已經不把欠債還錢當做應該的了，有人還專門找了市領導跟我施加壓力，想要繼續拖欠下去，只有丁董你的天和房產在催欠令一下的時候，馬上就把錢送到了財政。這是你們對我的支持，我心裏是很明白的。來來，坐下來談。」

兩人就分賓主坐了下來。

菜送上來之後，孫守義親手給丁江斟上酒，然後說：「丁董，這杯酒我敬你。」

丁江趕忙說：「您是領導啊，怎麼好意思讓您來敬我呢？」

孫守義說：「今天我們不談什麼領導不領導的，我們是朋友，就談朋友感情，你如果當我是朋友的話，就喝了這一杯。」

丁江笑著說：「那我就恭敬不如從命了。」

兩人碰了杯，把杯中酒給喝了。

吃了一會兒之後，孫守義把筷子放了下來，說：「丁董，有件事我要先跟你打個招呼，你要有個心理準備。」

丁江看著孫守義，說：「您說就是了。」

孫守義叮囑說：「市裏近期要進行一次財稅大清查，房地產業是這次清查的重點，我希望天和房產做好準備，能經得起這一次的清查啊。」

丁江聽了說：「我心裏有數了，孫副市長，這點你放心，我丁江做企業，向來不會在稅務方面做什麼手腳的，這方面我可以自信的跟你說絕沒問題。」

孫守義滿意地說：「沒問題最好。你要知道，這次呢不是針對你們企業，但是有些人會拿你們出來說事，打鐵是要自身硬的，我不希望因爲你們的企業有問題，而讓別的企業有藉口來對付財稅清查。」

丁江拍胸脯保證說：「這點您絕對可以放心。」

孫守義點了點頭說：「另一方面，市裏是不會讓正規經營的企業吃虧的，我也有一件好消息跟你說，我跟金市長商量了一下，我們都覺得市裏對上市公司的扶持不太夠，市裏近期會研究給予那些優質的上市公司一定的財稅優惠，以支持他們的發展。天和房產是一家優良的上市企業，你們一定會在這個扶持範圍之內的。」

丁江立即對孫守義表示了感謝，他知道這是孫守義對天和房產的回報，便想打探一下舊城改造項目的進展現狀。

這才是他最關心的一件事情，他爲了配和孫守義做了那麼多，其實最想要的回報是孫守義能幫他把舊城改造項目拿下來。在他心中，已經把這個項目作爲天和房產未來一個階段的工作重點，他希望能跟中天集團發展好這個項目，好讓公司的業績有所突破。

因此丁江問道：「孫副市長，有件事情我想問你一下，市政府這邊對舊城改造項目競標方案研究的怎麼樣了？」

孫守義知道丁江很渴望拿下這個項目，他也很希望能幫他將這個項目拿下來，可是由於張琳的插手，丁江恐怕很難如願了。

孫守義面露難色地說：「丁董啊，我知道你在想什麼，但是現在問題很麻煩，張書記突然表現出對這個項目很重視，下一步他很可能將這個項目的主導權拿走，我和金達市長雖然都有心想要幫你拿下這個項目，但是我們恐怕是有心無力了。」

丁江知道項目的主導者是誰很重要，如果主導者換成了張書記，便很可能會把項目給跟他親近的城邑集團的。

丁江仍是有點不太甘心，說：「孫副市長，經濟事務不是向來都由市政府這方面主導的嗎？」

孫守義爲難地說：「丁董啊，你也是政府系統出去的人，應該知道有時候很多事情不是必然的，張書記是海川市的一把手，他說的話，我和金達市長都不好反對。不過呢，你也不要太灰心，該爭取就爭取吧。」

丁江看了孫守義一眼，試探地說：「這麼說，我們也不是一點機會都沒有了？」

孫守義笑說：「不到最後時刻，誰都很難說一定會勝出，你說對吧，丁董？」

孫守義說的是真心話，這段時間他針對束濤可算是動作頻頻，本意就是想打垮城邑集團，讓束濤沒有機會和能力能夠競標舊城改造項目。

丁江也笑了，說：「這倒也是，我們會做好準備工作，盡力爭取的。」

孫守義說：「對啊，你們爭取看看，我也會盡我的能力幫助你們的。」

孫守義這邊在跟丁江交換意見，張書記也沒閒著，他把束濤找了來，現在情況有了不少的變化，他需要跟束濤商量一下，如何能確保城邑集團將舊城改造項目拿下。

一見面，張琳就說：「束董，金達很快就會把招標的方案提交常委會討論了，你們城邑集團準備的怎麼樣啦？」

束濤輕鬆地說：「我們都準備好了，就等著參加競標啦。」

張琳對束濤一副不以爲意的態度有點不滿，他覺得束濤把事情看得太簡單了，雖然他可以盡最大的能力來幫束濤，但是現在海川的形勢有些詭譎，他這個市委書記的權威已經受到了挑戰。在這個形勢之下，金達和孫守義這兩個傢伙能夠讓束濤輕易的就把改造項目收入囊中？不太可能吧。

張琳瞧了束濤一眼，說：「束董啊，你是不是並不重視這件事啊？」

束濤趕忙說：「怎麼會呢，我爲了這個項目可是費勁了心血，準備了詳盡的開發方案，又跟孟森敲定了合作的細節。現在應該是萬事具備，就等著張書記您的東風一吹，我們就能順利把這個項目拿下來了。」

張琳警告說：「你不要把事情想得這麼簡單，金達和孫守義絕不會讓你這麼輕鬆如意的。你不知道，我跟金達說要他把改造項目交由常委會討論的時候，他是一個什麼反應！我看他的樣子很是抗拒我插手這件事，估計他已猜到我是爲了你才這麼做的。雖然我是海川市一把手，金達和孫守義不太敢直接衝撞我的權威，但是這不代表他們就會老老實實的任由我們擺佈。」

束濤說：「主動權都在我們手上，他們不任由我們擺佈又能幹什麼？」

張琳哼了聲說：「他們不敢對我怎麼樣，但是不代表他們不會對你怎麼樣。你的城邑集團很多方面是受制於市政府的，你要小心他們暗地裏算計你。」

束濤冷笑一聲，說：「我可不是他們想捏就捏的軟柿子，兵來將擋，水來土掩，他們可以出招，我也可以還招。金達老婆那邊我還在查，如果他把我逼急了，不管有沒有那回事，我都會把這件事給他爆出去，就算不能扳倒他，起碼會讓他不好過一陣子。」

束濤這是準備打爛仗的招數了，不過真是這樣子做，對金達倒也不是一點傷害都沒有。本來這件事張琳是準備問一下海平區區長陳鵬的，可是他一直沒找到一個合適的機會。如果讓束濤這麼鬧一下也未嘗不可，起碼可以打擊一下金達的聲譽。

於是張琳決定不干涉束濤的這個想法，他把話題轉移了，問道：「那資金方面都準備好了嗎？」

束濤回答說：「準備好了，我跟四大行庫都打了招呼，他們都給了城邑集團一定的貸款額度。」

張琳想了想，除了資金問題，他想不出金達和孫守義還會在別的什麼地方難爲城邑集團了，便又叮囑道：「反正你對這件事要謹慎些，多注意一下對手的動向，千萬不要輕敵了，就像這次公安局局長人選的問題，我就是太輕敵，才會讓金達鑽了空子的。」

束濤打抱不平地說：「這不怪您的，張書記，主要是因爲金達這傢伙太能裝孫子了，你看那傢伙那個老實樣，誰不會以爲他是認栽了？」

張琳說：「是啊，金達來海川的時間也不短了，我還是第一次看到他這麼會演戲。這件事情對你我來說是一個教訓啊，也提醒我們，對於對手千萬不能輕視。」

束濤說：「您說得對，我會打起十二分的小心來應對他們的。」

張琳又說：「對了，說到公安局長，我正好有事要跟你說，那個姜非很快就要到任了，你要提醒一下孟森，叫他約束好手下，千萬不要在這個時候掉鏈子。如果他被姜非抓住了把柄，我們很多事情就不好辦了。」

束濤說：「您提醒的是，我會專門找孟森談一次。」

張琳說：「那就好，你回去吧，反正最近萬事小心，千萬不能給金達和孫守義抓到什麼把柄。」

束濤說：「行，我會小心的。」

過了幾天，呂紀到海川來調研，張琳和金達一起去接待他。

按照安排好的流程，金達首先做了專題彙報，然後張琳和金達帶著呂紀去參觀海洋科技園區。呂紀對科技園區內的項目看得很仔細，詳細的詢問了園區內的專家學者。

看完後，呂紀講了話，給予海洋科技園區很高的評價，表揚了海川市政府為此所做的工作，認為海川的海洋科技園區在東海省起到了模範帶頭作用，應該讓全省的濱海縣市都跟著學習。

金達看到呂紀給海洋科技園區這麼高的評價，興奮地臉都有些發紅了，這對他來說不僅意味著褒揚，他可以想像到接下來的情形，省裏一定會大力宣傳他所做的這一切，這將成為他工作政績濃墨重彩的一筆，會給他的升遷提供很大的助力。

坐在金達身邊的張琳臉色卻陰沉著，他看到金達的興奮，也注意到呂紀在講話中根本就沒提及他這個市委書記，他又嫉妒又惱火，心裏不由得暗罵呂紀和金達不要臉。

不就是一個海洋科技園區項目嗎？呂紀有必要把這個項目拔高到這種程度嗎？他很懷疑這一切都是呂紀和金達事先串通好的一場表演，其目的就是要樹立金達這個榜樣，好為了讓金達能夠順利的升遷。

金達對他的地位威脅性越來越大，張琳心中的危機感更重了。

送走了呂紀，緊接著，張琳就把市政府研究出來關於舊城改造項目的招標方案，提交到了常委會上討論。

討論的過程中，張琳提出了幾點修改意見。金達和孫守義一聽就明白張琳提出的這些修改意見，根本就是爲了束濤的城邑集團量身訂做的。

金達和孫守義對此並不意外，他們在知道張琳堅持要把方案交由常委會討論決定的時候，就很清楚他一定會這麼做的，張琳掌控了常委會，他們反對也是無濟於事，索性就不做這個無用功了。

方案經過研討之後，表決通過了。金達和孫守義見張琳的目的已經達到，都以爲常委會到此就應該結束了，哪知道事情並不像他們想的那樣，張琳並不想就此罷手，反而想要進一步掌控舊城改造項目。

他提出，鑒於這個改造項目牽涉到各方面的利益，因此建議設立專門領導小組，他將親自出任這個小組的組長，金達出任副組長……

張琳的話還沒說完，金達就有些惱火了，他打斷了張琳的話，說：「張書記，這個您事先並沒有提過啊？」

張琳笑笑說：「我現在提也不晚啊。」

金達還要據理力爭，孫守義卻在桌子下踢了他一下，金達回頭看了看孫守義，孫守義向他輕輕的搖了搖頭。

金達明白孫守義的意思，便嘆了口氣，很不高興的說：「好吧，張書記，你愛怎麼搞隨便你了。」

張琳對金達表露出來的不滿並沒有太在乎，冷笑了一聲說：「看來金達同志是沒有意見了，其他同志可以談談你們的看法。」

孫守義坐在那裏冷眼看著這一切，也不說什麼，張琳問他有什麼意見，他搖搖頭，說沒意見。

張琳很滿意，說：「既然同志們都沒意見，那就通過了。」隨即宣布散會。

金達沒等張琳先走，自己先站了起來，拿著東西就揚長而去了，張琳在後面看著他，想起金達當年跟徐正衝突的情形，心裏暗自冷笑，這傢伙性子還是這麼衝動，這麼些年都還沒變啊。

金達這個樣子，張琳反而不怕，因爲金達的不滿是在表面上，可以看得透，倒是那個孫守義對這一切都不置可否的，這才是可怕的傢伙，因爲根本猜不透他在想什麼。張琳懷疑公安局局長人選這件事，在背後搞鬼的可能不是金達，而是這個不陰不陽的孫守義。

張琳回頭看了看孫守義，一副無奈的表情說：「這個金達同志啊。」說完，便收拾東西，離開了會議室。

張琳離開，其他常委也跟著陸續的離開了。

孫守義回到市政府，直接去了金達的辦公室。

敲門進去後，就看到金達一副氣哼哼的樣子，便趕緊勸說：「金市長，犯不著跟他們生氣的。」

金達忿忿不平地說：「我不生氣行嗎？事先連商量都不跟我商量，就把事情擺在常委會上討論，根本就不拿我這個市長當回事情嘛！」

孫守義笑說：「您不是說張書記是一把手，對他應該尊重嗎？」

看孫守義拿他自己說的話勸慰他，金達不禁也笑了起來，沒好氣的說：「好了，尊重，我尊重他就是了。」

孫守義笑笑說：「這些我事先都跟您提過的啊，您心裏應該有個準備吧？」

金達苦笑了一下，說：「你提醒我的時候，我只是覺得有這個可能，並沒有想到他會真的這麼做。唉，這個張書記，為了一點私心，竟然什麼都不顧了。」

孫守義說：「金市長，其實這對您來說，未嘗不是一件好事啊。」

金達看了看孫守義，疑惑的問道：「怎麼會是好事呢？人家把我們市政府該管的事情都攬過去管了。」

孫守義笑笑說：「我們都知道這個舊城改造項目是個很麻煩的事情，只要有一點處理不好，就可能釀成很大的問題。張書記既然願意管，那就讓他去管好了，出了問題，他可是要負首要責任的。」

金達對孫守義這種想法不敢恭維，他對張琳生氣，並不僅僅是因爲張琳越權了，很大一部分是因爲他擔心舊城改造項目交給城邑集團去做，會把這個項目給搞砸了。

尤其是舊城區居住的這些人，在這個區域居住多年，與這個城市很多方面息息相關，盤根錯節，現在要讓他們搬遷，如果不能處置得宜，很容易會釀成群眾事件。

金達擔心的是張琳做不好這件事，而孫守義卻是想等著看張琳的笑話，他們想的根本就不是一回事。

金達雖然不認同孫守義的想法，可是目前他跟孫守義是同一陣線，因此笑了笑說：「權力大了，自然責任也就跟著大了，只是恐怕張書記根本就沒意識到這一點啊。誒，老孫啊，你上次跟我說要搞財稅大清查的事情，這幾天我認真地考慮了一下，目前我們市還真是迫切需要搞一次這樣的活動。你有沒有拿個方案出來啊？」

孫守義笑了，看來張琳今天在常委會上的表現真的激怒了金達，使金達迫切地想要針對束濤做點什麼，便說道：「方案我已經弄好了。」

孫守義就將擬好的方案拿給金達過目。

金達看過之後，交由市政府常務會議討論通過，隨即海川市召開了全市財稅大清查工作會議。

孫守義在會議上總結了全市的財稅工作情況，對下一步的財稅工作作了安排部署。並要求對重點行業要加強關注，確保重點行業財稅徵收沒有一點偷逃的現象。

而關於這個重點行業，孫守義特別點出了房地產業和娛樂業等等，要求在財稅大清查中重點稽查這些行業存在的問題。同時要求參與這次稽查的工作人員要清廉守法，不得接受任何被稽查企業的宴請和他們送的禮物。

孫守義講話時的嚴厲眼神讓與會的工作人員都感到了幾分肅殺，這還是他們第一次看到這個從北京來的副市長顯露出嚴厲的一面，心裏不由得打起鼓來，暗自說最好不要撞到這傢伙手裏，否則的話，他是絕對不會寬貸自己的。

動員會開過之後，爲期一個月的財稅大清查就轟轟烈烈的搞了起來，作爲全市稽查重點的城邑集團和天和房產都有稽查人員進駐，全面開始稽查。

稽查一開始，孫守義就對稽查中發生的一些違規行爲進行了通報，並對違規人員進行了處分。稽查人員看這一次市裏是動真格的了，也就不敢再敷衍了事，認真的稽查相關重點企業。

這世界上的事就怕「認真」二字，在稽查人員的認真稽查之下，一些企業存在的問題紛紛暴露了出來。

丁江的天和房產還好一些，因爲他事先已經知道這次的稽查行動，而且孫守義特別交代過，他知道這次絕對不能敷衍了事，因此事先做了充分的準備，賬目上基本不存在什麼問題。

而束濤的城邑集團就不同了，束濤因爲有張琳在背後撐著，並沒有太把這次的稽查當回事，他覺得稽查人員應該知道他跟市委書記之間的關係，不敢對他怎麼樣的。到時候再賄賂一下稽查人員，就肯定會輕鬆過關的。

哪知道這次孫守義是盯上他了，不僅去城邑集團稽查的人員經過精心的挑選，還要負責稽查城邑集團的人員定時彙報進展情況。

在這種高壓的狀態下，負責稽查的人哪裡還敢徇私？他們知道如果放城邑集團一馬的話，就會得罪孫守義，甚至有可能丟掉飯碗，孰輕孰重，他們心裏自然有數。

城邑集團逃漏稅的問題被查了出來，稽查人員發現城邑集團是用改變記賬方式的辦法隱瞞收入，這些年累計逃稅金額高達一千多萬。

孫守義聽了稽查人員的彙報，就報告金達，金達聽完後，指示一定要依法嚴肅處理。

束濤到這時才有點慌了神，趕忙找到了張琳，把情況跟張琳說，讓張琳幫他說情。哪知張琳聽完之後，半天沒言語。

束濤見張琳不說話，更是緊張了，說：「張書記，這件事情你可一定要幫我啊，這可不僅僅是錢的問題。」

束濤諮詢過律師，漏稅的話，可以補繳稅款，然後罰點錢就可以了；但是逃稅就可大可小了，如果是蓄意逃稅的，便是犯罪，是可以追究責任人的刑事責任的。

張琳不高興的瞪了束濤一眼，說：「你慌什麼啊，我又不是不幫你，我是在想要怎麼去幫你。你也是的，明知道金達和孫守義現在看你不順眼，怎麼還讓他們抓到把柄啊？」

束濤皺了一下眉頭，說：「我原本以為這一次沒事的，到時候跟稽查人員拉拉交情就好了，誰知道這次他們會這麼嚴厲啊。」

張琳責備說：「你這個人怎麼一點都不會看形勢啊？你沒聽說孫守義在這次的財稅大清查的動員會議上落下了狠話嗎？他明確表示誰徇私情，就砸了誰的飯碗。人家說的這麼明白，你還沒當回事情啊？」

束濤不禁叫屈說：「這不能都怪我啊，張書記，這種財稅清查，哪一次領導沒在會上撂狠話的啊？底下的人還不是該怎麼辦就怎麼辦啊，這次我就是沒想到孫守義會跟我玩得這麼狠。」

張琳生氣地說：「要怪就怪你自己，非要跟他在舊城改造項目上搗亂，你不去爭取這個項目，怎麼會得罪他呢？再說，我可是警告過你了，最近做事要謹慎些，不要給金達和孫守義抓到什麼把柄，你可倒好，我的話剛說完沒幾天，你就給我搞了個逃漏稅款的麻煩出來。」

束濤說：「哎呀，現在的企業不逃點稅哪裏活得下來啊？張書記，您就先別怪我了，趕緊想辦法救我吧。」

張琳說：「還能有什麼辦法啊，只有拿錢出來了。」

束濤擔心地說：「拿錢出來就可以了嗎？我怕金達和孫守義不肯就此甘休啊，他們如果緊追著我不放，事情可就不好辦了。」

張琳冷笑說：「你放心吧，金達不敢拿你怎麼樣的。」

束濤看了張琳一眼，說：「張書記，您這麼說有什麼根據嗎？我看金達和孫守義對我可是恨之入骨啊，現在他們可是逮到了機會，怎麼會輕易就放過我呢？」

張琳搖搖頭說：「你們城邑集團是海川市房地產業當中的龍頭企業，每年給海川市財政貢獻多少稅款啊？金達能就這樣子把城邑集團毀掉嗎？他可沒這個膽子，這對他也會很不利。一個龍頭企業如果在他手裏遭受重創的話，他這個市長也是不好交代的。我相信他絕對不會這麼做的。他之所以現在追得你這麼緊，就是因爲他對我把舊城改造項目從他們手裏奪了過來，等於是侵犯了他的勢力範圍，他想就此懲戒你一下，讓你知道他也是不好惹的。」

束濤覺得張琳說的倒也不無道理，可是事情發生在他身上，他不能就這麼坐在家裏等著金達放他一馬，如果金達不是這麼想，那他豈不是慘了？

他不放心地說：「金達真的這麼想嗎？」

張琳笑笑說：「當然是這麼想的啦，你等著，我馬上給金達打電話，你聽他怎麼說就明白了。」

張琳就撥通了金達的電話，金達接通了。

張琳開口就問說：「金達同志，聽說你們的財稅清查行動進行的很不錯啊，查到了很多問題啊。」

金達說：「這次財稅清查行動是守義同志主持的，守義同志工作做得很好，雷厲風行，查出了不少企業逃漏稅的問題。」

張琳說：「查出問題來很好，說明守義同志工作方法很對路，對企業的偷漏稅行為確實應該進行懲處的。」

張琳一味的表揚，金達不知道他想要表達什麼意思，他不相信張琳是對孫守義工作滿意才打電話來的，只好笑笑說：「是啊，那些不法的行為是應該受到懲處的。」

張琳接著說道：「我聽城邑集團的束濤說，這一次他們也被查出了問題？」

弄了半天，張琳是為束濤說情來了，金達心裏有數了，就故意笑笑說：「是啊，這一次城邑集團確實被查出了問題，而且問題還不少呢。這個束濤啊，也不知道是怎麼搞的，逃漏稅可是刑事犯罪啊，他也敢這樣子搞，膽子真是太大了吧？」

束濤豎起耳朵，在張琳身旁聽著電話那邊金達的回話，聽金達說他是刑事犯罪，臉色一下子就變了，看來金達還真是對他一點都不客氣。

張琳看到束濤的表情，衝著他搖了搖頭，意思是你別聽金達嚇唬你。之後對著話筒說：「金達同志，事情沒這麼嚴重吧？束濤哪裏有那麼大的膽子逃漏稅啊？我看這件事當中有些誤會。你也知道城邑集團那麼大的企業，束濤不可能什麼事都親力親爲的，也許是他們公司的下屬處理帳目的時候，不小心犯了錯，漏繳了相關的稅款也不一定。城邑集團可是我們海川的龍頭企業和納稅大戶，這件事情處理起來可要謹慎些，不然，萬一對企業造成了毀滅性的打擊，對我們海川市的經濟發展可是很不利的啊。」

金達沉吟了一下，對城邑集團，他雖然很不高興束濤借助張琳的權力強力爭取舊城改造項目，但是對這樣一個龍頭企業，他也不想一棍子打死。張琳說的其實跟他想的差不多，對城邑集團他不能不謹慎，如果這次城邑集團大傷元氣的話，對海川經濟也是一種傷害。別人可能不需要考慮這些，他這個做市長的，卻不能不考慮後果，畢竟發展海川經濟是他這個市長的首要任務之一。

金達便轉換了語氣說：「張書記，您說的很對，城邑集團對我們海川的經濟貢獻很大，對它的查處，市政府一定會謹慎的。不過，城邑集團有些應繳稅款沒交這是事實，不論是逃稅也好，漏稅也好，這筆錢城邑集團是一定要補交的。我們對龍頭企業要愛護不假，可是這也要在不違法的前提之下，您說對吧？」

張琳聽金達口風已經不那麼強硬，就知道金達的底線是要城邑集團把稅款補交上去就行，基本上就達到他找金達的目的了。

他很清楚他跟金達目前這種關係，彼此都很猜忌對方，他也不得不謹言慎行，就不敢再幫束濤爭取非法的利益。於是笑了笑說：「對啊，應交的稅款是一定要交的，這個沒有討價還價的餘地。」

金達說：「我就知道張書記您會支持我的工作的。那這樣子吧，我回頭跟守義同志說一聲，只要城邑集團把該交的稅款交了，再按照規定罰點錢，就不再去追究了。」

張琳滿意地說：「這樣處理再合適不過了，行，那我掛啦。」

張琳掛了電話，束濤嘴一咧，說：「還要罰款啊，這個金達可真是夠狠的了。」

張琳冷笑一聲，說：「你別不知足了，他已經不去追究你逃漏稅的責任了，你還想怎麼樣啊？你不會以為落到他們手裏，他們會讓你毫髮不傷就過關的吧。」

束濤罵了句娘，然後說：「這兩個傢伙連番的動作，可是把我折騰得不輕，前前後後等於弄走了我們城邑集團幾千萬呢。我們哪經得起這麼折騰啊？」

張琳忍不住問束濤道：「你們的資金鏈不會因此有什麼問題吧？如果有的話，那就不要再去爭取舊城改造項目啦。」

束濤心想：我還等著這個項目能幫城邑集團賺錢呢，怎麼能夠不去爭取呢，便笑笑說：「這幾千萬對我們城邑集團來說，還不算傷筋動骨，我們家底厚著呢，再說還有四大行庫在支持我們，競標舊城改造項目一點問題都沒有的。」

張琳用懷疑的眼神看著束濤，說：「束董，我可提醒你啊，這個項目可不能出一點問題的，出了問題，你和我可就都完了，所以你千萬不要在我面前硬撐，那樣對你對我都不是一件好事。」

束濤打著哈哈說：「張書記，您這話是怎麼說的，我跟您說沒問題就是沒問題，我們倆打交道也這麼久了，您什麼時候見我騙過您啊？」

張琳說：「我不是說你要騙我，而是這件事情關係重大，現在我出面幫你們城邑集團把項目爭取到手，出了問題我是要負責任的。如果你沒有十分的把握的話，最好還是別做了。因爲後面的麻煩還很多呢，我雖然是領導小組的組長，但很多方面還是要在孫守義和金達的監督下進行，小心他們會找你麻煩的。」

束濤對這個項目是志在必得，因此這時候張琳說什麼他都聽不進去，他便笑笑說：「您就放一百個心吧，我們城邑集團會把這個項目搞好的。」

第二章

新仇舊恨

丁益拍了下手說：

「這就對了，他根本就是趁機報復嘛，不然也不會下手這麼狠。」

傅華想想也是，昨晚湯言好像是要吃了他一樣，

他肯定是把新仇舊恨加到了一起，才會打得他這麼狠的。

北京，中天集團的辦公大樓董事長辦公室。

林董仰靠在他碩大的老闆椅上，有點煩躁的看著對面坐著正在滔滔不絕講話的鄭堅。

現在中天集團已經進入股票上市的輔導期，形勢很看好，但眼前這個傢伙卻說這樣還遠遠不夠。鄭堅說：

「現在的金融形勢如此嚴峻，中天集團僅僅是目前這個狀態是不行的，最主要的是土地儲備不足。林董你應該明白，土地儲備不足對一家房地產開發企業來說意味著什麼，表示這家企業沒有新的業績增長點，也就代表這家企業沒有美好的未來，到時候公司上市之後，誰會爲它買單啊？所以我們需要拿出一張好看的報表來，才能吸引住二級市場，中天集團上市才會有很好的表現。」

林董苦笑了一下，說：「老鄭啊，你說的這些我也明白，中天集團前段時間不是拿下北京的地王了嗎？難道這不算是一個亮眼的業績增長點嗎？」

鄭堅聽了，忍不住說：「你就別拿這個地王來說事了，現在外面對你們拿下這個地王並不看好，都說中天爲了拿這個地王，付出的代價太大，這個項目將來保本都很困難，更別說盈利了。」

這塊地王對中天集團來說，確實是一塊燙手山芋，似乎陷入了所謂的地王魔咒之中。

中天集團拍到這個地王之後，周圍的房價並沒有像原先預想的那樣瘋漲。中天集團見到這種情勢，就向政府提出調整規劃的申請，結果卻意外的遭到政府的否決。

這下子讓中天陷入了兩難的境地，想要退地吧，現在正是中天集團上市的關鍵期，這時候如果傳出去退地的消息，將會嚴重打擊中天集團的聲譽；但是開發又開發不起來，周邊的樓價遠低於這塊地王的樓板價，開發出來很可能要虧本的。

現在中天集團沒有別的辦法，只有以拖待變，期望未來的房價能夠很快漲起來，好能解困。中天集團的這種困境顯然是瞞不過明眼人的。

林董看了看鄭堅，說：「現在就這種狀況，那你要我們怎麼辦？」

鄭堅說：「我記得原來你們不是要參與海川的舊城改造項目嗎？這個項目倒不錯，可以包裝成一個很好的業績增長點的。」

林董詫異地說：「老鄭，現在海川舊城改造項目這件事很微妙，我們也不敢說能不能拿下這個項目，你那個女婿沒跟你說這件事嗎？」

鄭堅呆了一下，傅華和鄭莉自從上次跟他翻臉之後，就再也沒跟他見過面，相互之間也沒聯繫，因而他又怎麼能從傅華那邊得到什麼消息呢？他老實地說：「我們最近很少見面，所以沒聽過他談起你們的事情來。」

林董看了鄭堅一眼，說：「老鄭，我看你提起傅華來有些尷尬，是不是跟你女兒女婿有什麼矛盾了？」

鄭堅否認說：「沒有，女兒大了，就只顧著跟丈夫在一起，不來看她的爸爸也很正常啊。還是說你們吧，現在怎麼個微妙法啊？」

林董回說：「海川市政府中斷跟我們的談判你已經知道了，原本我還以爲我們中天集團和天和房產可以聯合起來，公平的競爭一下，相信憑我們的實力，再加上市裏面孫守義副市長的幫忙，拿下這個項目也不是不可能的。但是就在前幾天，事情又發生了變化，海川市市委書記爲了幫海川另一家當地企業爭取這個項目，親自出馬，將這個項目的主導權拿到了自己手上。現在決定權就不在孫守義這幫人的手裏，而是在海川市委書記張琳的掌控下了。因此我們就沒有原來那麼大的勝算。現在我正在猶豫，是不是還要繼續爭取這個項目呢。」

鄭堅問：「一點希望都沒有了嗎？」

林董說：「也不是，那個孫守義跟天和房產說，還是會儘量幫我們的，可是他現在已經沒有了優勢，就算幫我們，能幫的地方也是有限了。」

鄭堅想了想說：「先不要放棄，眼下你們已經沒有別的炒作題材了，如果你們還在爭取，那也算是一個話題。」

林董說：「老鄭，你也知道，競標項目雖然表面上大家都是公平競爭，實際卻是派系的角力，沒有臺面下的運作，你就是參與了競爭，也是沒什麼機會的。」

鄭堅勸說：「先拖一段時間再說吧，拖過這段時間，也許能夠找到新的項目呢？再說，你們也不是一個人都沒有啊，不是還有一個副市長在幫你們嗎？」

林董嘆說：「官大一級壓死人，現在副市長遇到了市委書記，沒轍啊。」

鄭堅說：「好啦，我們的故事還需要講下去，就算是沒機會，你也暫且爭取到底吧，反正你也損失不了多少。」

林董無奈地說：「好吧，我回頭跟天和地產的人再談一下，看看要怎麼去爭取。」

於是林董就打電話給丁江，跟他說決定要繼續爭取舊城改造項目的事，問他是不是進京來商量一下競標的方案，然後好參加競標。

丁江聽了很高興，他很擔心林董會打退堂鼓，如果中天集團退出跟他們的合作，以天和房產目前的實力，是無法獨力去運作這個改造項目的。丁江就讓丁益來北京跟林董商量具體細節問題。

隔天，傅華接到了丁益的電話，說他到了北京，傅華就去機場把他接到駐京辦。在路上，丁益跟他講這次來，是要跟中天集團談競標方案的細節問題。

傅華已經聽到消息，說張琳出任了改造項目領導小組的組長。這段時間以來，張琳動作不斷，而孫守義也是接連出招，想盡辦法削弱城邑集團的實力。雙方你來我往，算是鬥個不亦樂乎。

不過就傅華看來，孫守義的招數雖然不是一點用處都沒有，但是始終沒有對城邑集團構成致命的威脅，反過來，張琳憑藉著他海川市一把手的威權，卻牢牢的掌握了整件事情的主動權。此消彼長，按照傅華的判斷，中天集團和天和房產這次要競標成功的可能性並不大。

可是丁益卻在這時候興匆匆跑來北京，讓傅華不禁懷疑丁益這一方是不是對這件事情太過樂觀了，他便說：「這麼說你們對拿下舊城改造項目很有把握了？」

丁益搖搖頭說：「傅哥，現在市裏面的情勢你又不是不知道，現在張書記硬是擔任了專案領導小組的組長，就是想幫束濤拿下這個項目，這個樣子我們又怎麼會有把握呢？」

傅華不解地說：「那你還鄭重其事的跑來北京幹什麼啊？你該不會是衝著林珊珊來的吧？」

丁益笑說：「去你的吧，你知道我們不可能的。我來北京，是因爲林董覺得並不是一點機會都沒有，我們還是該爭取一下。我爸爸覺得就算這次不能成功合作，我們也可以跟中天集團建立起良好的關係，爲我們走出海川奠定基礎。」

看來丁江是想跟著中天集團把天和房產的發展觸角伸出海川，這倒是一個很有眼光的想法。

兩人到了海川大廈，丁益開了一個房間，稍事休息之後，便在下午去中天集團跟林董會面了。

傍晚下班的時候，傅華往丁益的房間打了個電話，沒人接，知道丁益還沒回來，就打消了給丁益接風的念頭，自行回家了。

晚上九點多鐘，丁益打電話過來，問傅華在哪裡，傅華說在家裏，丁益就遊說說：「別在家悶著了，出來找家酒吧喝酒吧。」

傅華看了看身邊的鄭莉，鄭莉笑說：「去吧，別看我了。」

丁益在電話中聽到鄭莉的聲音，便說：「嫂子也在啊，一起出來吧？」

鄭莉笑笑說：「我還是不去了，省得你們兩個大男人不痛快。」

傅華就去接了丁益，兩人隨便找了家酒吧，坐著邊喝邊聊起來。

傅華說：「你跟林董談到現在啊？」

丁益說：「也沒有一直談，晚上林董設宴給我接風，所以耗到現在。」

傅華笑說：「人家請你客，你不把酒喝足，反倒要出來跟我喝？」

丁益說：「我在林董面前不敢放開酒量喝，結果喝得不上不下的，很不舒服，就想到很久沒跟你坐到一起聊天了，就拖你出來啦。傅哥，你現在生活過得挺滋潤的嘛，這麼早就老老實實回家守著老婆了。」

傅華說：「也不是，今天原本準備給你接風的，你沒回駐京辦，我就沒安排，只好回家陪老婆了。誒，晚上給你接風的時候，林珊珊出面了沒有？」

丁益說：「林珊珊沒有出來，只有林董帶著幾個中天集團的人。怎麼，想她了？」

傅華笑說：「想她的人是你吧？我只是有段時間沒見到她了，問問情況而已。」

丁益打趣說：「誒，傅哥，沒有那麼簡單吧，我看那個林珊珊每次見到你，都是傅哥甜甜的叫你，那眼神就像是見了情人一樣。」

傅華趕忙說：「別瞎說，她才不是我的情人呢。」

「誒，傅哥，什麼情人不情人的？你是不是偷著不老實啊？」這時，一個女聲在傅華背後說道。

傅華愣了一下，回頭看了看，一個打扮性感火辣的女人站在他的背後，正俏皮地看著他。傅華笑說：「怎麼這麼巧啊，湯曼，你什麼時候來的？」

湯曼說：「我剛進來，遠遠地看到你坐在吧台，就想過來打個招呼，沒想到就聽到你在談論什麼情人，誒，傅哥，我可警告你啊，不要背著小莉姐在背後偷腥，否則我可是不會放過你的啊。」

傅華大喊冤枉：「什麼和什麼啊，我只不過跟朋友聊天開個玩笑罷了，根本就沒什麼情人不情人的。」

湯曼扁了扁嘴說：「誒誒，別在我面前裝了好不好，這麼晚了還在外面玩的男人，會是一個不花心的男人嗎？我可沒忘記上次你跟我哥他們在一起，懷裏可是摟著一個妖精一樣的女人啊。」

傅華哭笑不得地說：「我這是朋友來，我陪他出來聊天的，誒，你別光說我啊，你一個女孩子，這麼晚怎麼也會跑到這種地方來玩啊？」

湯曼反駁說：「你們男人能玩，我爲什麼就不能玩了？」

這時丁益湊了過來，說：「傅哥，這是你朋友啊？」

傅華看丁益的眼神都直了，便知道眼前這個性感妖媚的湯曼是丁益喜歡的類型，才會這麼湊過來的。

傅華便說：「來，我給你們介紹，這位是丁益，我們海川市天和房產的少老闆，這位是湯曼，你嫂子的朋友。」

丁益伸出手來，說：「原來是嫂子的朋友啊，你好。」

湯曼卻沒有要跟丁益握手的意思，她衝著傅華說：「傅哥，我的朋友在叫我呢，我過去啦。」

傅華看了看湯曼視線看著的地方，見那邊有幾個有點流氣的男男女女正看著這邊，顯然是在等湯曼過去，就說：「那不耽擱你了。」

湯曼就跟朋友進了包廂。

丁益尷尬的把手收了回去，笑了笑說：「這女孩子真是傲氣啊。」

傅華搖搖頭說：「你還沒見過她哥哥呢，見過她哥，你就會覺得這個女孩子算是很平易近人啦。」

傅華對湯言的感覺就是這樣子，冷傲的讓人不自覺地就有一種距離感。

丁益不禁說道：「我看她對你還挺客氣的，傅哥，你真是讓人羨慕啊，走到哪都有女人緣。」

傅華趕緊說：「別胡說啊，我有你嫂子這輩子就夠了。這個女人可不是我能招惹的。我看你剛才看人家的眼神都直了，怎麼，喜歡上她了？」

丁益笑說：「這種女孩子可是人間極品，誰看到了會不喜歡呢？」

兩人就這麼邊喝酒，邊嘻嘻哈哈的閒扯著，不覺就過去了一個多小時。

丁益是玩慣了的，精神十分充足，傅華沒有應酬的時候，很少在外面玩到這麼晚，就有點累了，便站了起來，說：「丁益，時間不早了，我送你回去休息吧？」

丁益意猶未盡地說：「不會吧，夜生活才剛開始耶。你累了的話就先回去吧，等會兒我搭計程車回海川大廈。」

傅華說：「你行嗎？」

丁益笑說：「好了，北京我還是能玩得轉的，別跟我客氣了，走吧。」

傅華站起來就往外走，剛走幾步，身邊忽然有人跌跌撞撞的碰了他一下，傅華趕忙去扶著，一看竟然是湯曼，似乎是喝多了的樣子，便問道：「小曼，你沒事吧？」

湯曼使勁的眨了一下眼睛，認出是傅華，一把就抓住了他的胳膊，身子靠進他的懷裏，嬌喘吁吁的說道：「帶我走，快點。」

傅華愣住了，他知道湯曼是個個性大膽潑辣的女孩子，但是膽大到這種程度還是很令他吃驚。

這時湯曼並沒有理會到他震驚的心情，反而往他懷裏靠得更緊，催促他說：「你快點帶我走啦。」

傅華這才回過神來，趕緊往外推湯曼，嘴裏說：「小曼，你別這樣子，這樣我跟你小莉姐沒辦法交代的。」

湯曼卻不肯離開，她有些慌張的說：「傅哥，你趕緊帶我走，我被人家下藥了……」

湯曼話還沒說完，身子已經支撐不住，抓著傅華的胳膊，軟軟的就往下溜。

傅華看出湯曼的情形不對，趕忙把湯曼攙起來往外走。

出了酒吧，傅華再看湯曼，湯曼雙目緊閉，已經有些神志不清了，他搖晃了一下湯曼，問道：「小曼，接下來送你到哪裏啊？」

湯曼眼睛閉著，叫了一聲：「我好睏啊，你別煩我了。」

傅華猶豫了一下，這種情形他無法將湯曼扔在這裏，就打開自己的車門，把湯曼放了進去，坐在車裏想著要拿湯曼怎麼辦。

這時酒吧的門開了，傅華看到跟湯曼一起的那幾個流氣的男人從酒吧裏面衝了出來，私下打量著，顯然是在找湯曼。

傅華看情形不好，趕緊發動車子就要往外走。酒吧門口那幾個男人看到了傅華車裏的湯曼，知道傅華要將湯曼帶走，便急急往這邊衝，邊喊道：「別跑，趕緊停車，那個女人是我哥們的，你不能帶走。」

傅華知道這些傢伙並非善類，自己一個人也對付不了他們，這個時候哪還敢把車停下來，腳下一踩油門，車子加速離開了酒吧。

那幾個男人見煮熟的鴨子就這麼飛了，哪裡甘心，跟在後面邊追邊罵，終究兩條腿抵不過四個輪子，被傅華把距離越拉越遠，最終才看不到人了。

傅華不敢就這麼減速下來，他繼續踩著油門開出去好長一段距離，看看有很長一段距離了，身後也沒車子跟著，這才敢稍微減速，心情稍稍放鬆了下來。

轉頭去看身邊的湯曼，卻見湯曼不知道什麼時候把上衣的扣子解開了，半托的胸罩把白皙如玉的那對高峰襯托得分外誘人。

傅華驚叫了一聲：「小曼，你幹什麼啊?快把衣服穿好。」

湯曼嬌喘吁吁的說：「不嘛，我熱，都脫掉了才舒服。」湯曼說著，繼續扯著身上的衣服。

傅華有點慌了，一手把著方向盤，一手想要幫湯曼把衣服弄好。可是湯曼並不聽他擺佈，不斷掙扎著撥開他的手，傅華顧此失彼，不但沒能將湯曼的衣扣繫好，反而在跟湯曼的爭奪中，幾次碰觸到湯曼身上那最嬌嫩滑膩的地方，讓他不禁心神一蕩，趕緊把手收了回來。

湯曼沒有了傅華阻止，就又把上衣解開，這次她胡亂扯著，甚至連胸罩也敞了開來，一對豐乳掙脫了束縛，奔湧而出，讓一甩眼看到的傅華有點瞠目結舌，這種陣勢他還是第一次經歷。

傅華趕忙在路邊找了個沒人注意的地方停了車。停下車後，他把身上的外套脫了下來，蓋在湯曼的身上，自己趕緊下了車，開始在路邊轉圈，想要怎麼安置湯曼。

眼下這個狀態，傅華也不敢送湯曼去醫院，這要傳出去，他們說不清楚不說，對一個女孩子的名聲也很不好，最好能將湯曼交給她的親人，傅華手邊倒是有湯言的電話，趕忙撥通了他的號碼。

湯言接通了，很不高興的說：「傅華，你這麼晚找我幹什麼？」

傅華說：「湯言，你妹妹在我車上，你趕緊過來接她吧。」

湯言愣了一下，說：「小曼怎麼會在你那兒？」

傅華回答說：「我是在酒吧遇到她的，她說她被人下了藥，你別問那麼多了，趕緊過來吧。」

湯言聽湯曼被人下了藥，急忙喊道：「你在哪裡？」

傅華就告訴湯言他的位置，湯言喊了句：「我馬上就過去。」就掛了電話。

傅華不知道湯曼在車內是個什麼狀態，心裏害怕湯曼把衣服脫得更光，就不敢上車，只好待在車外。

過了半個多小時，湯言的邁巴赫飛一般的開了過來，一看到傅華，就急踩剎車，一聲刺耳的剎車聲，車輪冒著煙停了下來，湯言打開車門竄了下來，幾步跑到傅華面前，急問道：「小曼呢？」

傅華指了指自己的車，說：「在車上呢。」

湯言衝到副駕駛座，打開車門剎時愣住了，湯曼這時已經將傅華蓋到她身上的衣服扯了下來，湯言一眼看到上半身毫無遮掩的湯曼，血一下子衝到腦門。

他雖然平日玩過不少的女人，可那是跟他沒有血緣關係的女人，他只當是花錢買快樂，現在被玩的卻是他親愛的妹妹，這可讓他接受不了。

雖然傅華說事情是別人做的，可是他並沒有看到別人，這裏只有傅華一個人，怎麼就

那麼巧，傅華會出現在這裏，妹妹還衣衫不整的在他車裏？此刻，他腦子裏浮現的第一個念頭，就是這件事傅華一定脫不開關係。

湯言回過頭來，一個箭步衝到傅華面前，揮手就狠狠地給了傅華下巴一拳，傅華一下子被打懵了，衝著湯言喊道：「你幹嘛打我啊？」

湯言罵道：「你這個王八蛋，竟然敢對我妹妹做這種事？你還是人嗎？」

傅華氣得喊道：「你講不講理啊？我跟你說過了，你妹妹是被別人下了藥，關我什麼事啊？」

湯言叫道：「那是你說的，這裏我可沒看到別人，只看到你一個。什麼別人下的藥啊，我看就是你下的藥，你當我是傻瓜啊？你根本就是因爲前段時間我捉弄了你，你借機報復。」

傅華說：「湯言，你真是不分青紅皂白，你也不想想，如果是我下的藥，我會通知你趕過來嗎？」

湯言說：「怎麼不會，我看你是看到我妹妹這樣子玩得有點大了，怕出事，所以才會通知我的；或者你根本就是想要氣我，特意把我叫過來，好看我的笑話的。」

傅華頓時有一種有理講不清的感覺，他苦笑了一下，說：「湯言，你還真是混蛋啊，你以爲誰都會像你一樣不擇手段嗎？你妹妹就在這裏，你不相信我，可以去問她啊。」

湯言指了指傅華，說：「行，我馬上就問小曼發生了什麼事，你給我站在一旁等著，如果真是你搞出來的花樣，看我不弄死你。」

湯言就去開了車門，傅華擔心湯曼在被下藥的情況下不知道會說什麼，便也跟在湯言旁邊。

湯言看湯曼上身還是光著的，趕忙拉了一下湯曼身邊的衣服，幫湯曼蓋在身上。

湯曼仍是神志不清的狀態，閉著眼睛，見有人動她，嘟囔了一句：「傅哥，你對我真是很好啊。」

湯言一聽，湯曼張嘴就是傅華，就認爲湯曼晚上一定是跟傅華在一起，他一把扯住了傅華的衣領，指著傅華的鼻子叫道：

「混蛋，你聽到小曼說什麼了嗎？你還有什麼話要說？」

傅華傻眼了，他搞不清楚這時候湯曼怎麼會蹦出這麼一句話來，在湯曼神志不清的情況下，他真是百口莫辯。

湯言看傅華張口結舌的樣子，以爲他是無法抵賴了，胸中的怒火快要爆炸了。他二話不說，直接就一拳過去，正正打在了傅華的眼眶上，傅華的眼睛立時腫了起來。

傅華心裏別提有多鬱悶了，明明是救人的人，現在卻被冤枉成害人的，接連被打了兩拳不說，還沒辦法爲自己分辯。

傅華不想再繼續挨湯言的拳頭，那邊湯言打了一拳之後，也不肯就此甘休，還想要繼續打傅華出氣。兩人就這樣子撕扯了起來，互相之間都被對方打倒。

這時，車上的湯曼不知道是喝多了酒，還是藥物起了作用，開始趴在車門上用力嘔吐了起來。

傅華看湯曼這情形，怕她有什麼危險，趁湯言被湯曼吸引恍神的機會，雙手控制住湯言的雙手，喊道：「別打了，湯曼現在這個樣子很危險，你還是趕緊送她去醫院吧。等她醒過來真的說是我搞的鬼，你再來找我好了。」

湯言想想還是妹妹重要，就甩開傅華，去車裏抱起了湯曼，湯曼嘴裏嘟囔著說：「傅哥，你要抱我去哪裡啊，我很睏了，別來煩我了。」

傅華此時真是不知道自己該哭還是該笑了，湯言狠狠瞪了他一眼，叫道：「傅華，你等著吧。」

湯言此刻顧不得再去教訓傅華，他把湯曼抱上了他的邁巴赫，一加油門，嗖的一下車子就竄出去，直奔醫院去了。

傅華心想這一晚還真是晦氣，被冤枉挨揍不說，車子還被湯曼吐得一團狼藉，嘔吐物的餿味直衝鼻子。傅華此刻只能暗嘆自己出門沒看黃曆，因此才會遇到湯言這個不講道理的煞神。

傅華不能就這麼把車子開回去，還要找地方洗車，他上了車，從鏡子裏看看自己的臉，眼眶已經腫得老高，下巴也腫了一塊，紅腫一時半會難以消掉，只好不管了，發動車子去找洗車的地方。

夜已經很深了，傅華找了半天才找到一家還開著的洗車行，洗車的小弟看到傅華的樣子，忍俊不住笑了起來，說：「哥們，喝多了跟人幹了一架是吧？」

傅華沒好氣的瞅了他一眼，說：「洗你的車吧。」

等傅華回到家的時候已經是凌晨快兩點了，傅華輕輕的開了門，探頭看了看，屋內沒有動靜，只亮著一盞壁燈，他鬆了口氣，看來鄭莉已經睡了，這省了他還要跟鄭莉解釋他臉上的傷是怎麼來的。

傅華輕手輕腳的進了屋，剛想去洗漱一番好睡覺，客廳的燈亮了，接著就聽鄭莉說道：「老公啊，你玩得可夠瘋的，竟然玩到這麼晚才回來。」

傅華不敢去看鄭莉，怕鄭莉看到他臉上的傷痕會受驚，便背著鄭莉說道：「有點事情絆住了，所以就回來晚了，你怎麼還沒睡啊，很晚了，你趕緊去睡吧，我洗個澡馬上就睡。」

鄭莉笑說：「你也知道很晚啦？過來，跟我說，是哪個漂亮小姐把你給絆住了？」

傅華苦笑了一下，說：「小莉，沒有什麼漂亮小姐，真是有事，你趕緊去睡吧。」

鄭莉卻不放過：「你別騙我了，你是跟丁益出去的，會有什麼事啊？你不敢過來，是不是身上有別的女人的香水味，怕被我聞到啊？」

傅華說：「真的不是女人。」

鄭莉說：「那你趕緊給我過來。」

傅華說：「沒你想的那些事，過去幹什麼啊，你趕緊睡吧。」

鄭莉從沙發上站了起來，往傅華這邊走，邊說道：「老公，你現在可是長本事啦，上次跟我爸和湯言去俱樂部玩，現在又心虛……」

鄭莉走到傅華面前，看到傅華腫得老高的眼眶驚呆了，拉住傅華問道：「老公，你這是怎麼啦，跟人家打架了？」

傅華眼看遮掩不過去了，就苦笑了一下說：「沒有，我是被湯言打的。」

鄭莉不禁叫說：「你又碰到湯言了？他是怎麼回事啊，怎麼把你打成這個樣子啊，太過分了。」

鄭莉說著就拿出電話要撥號，傅華把電話拿了過來，說：「你幹嘛啊？」

鄭莉說：「我報警，還能白給他打了？」

傅華搖了搖頭，說：「算了，其實也不完全怪他的。」

鄭莉詫異地說：「怎麼，是你招惹他了？」

傅華說：「我去招惹他幹嘛啊，是一場誤會。」

傅華只好把晚上發生的事一五一十地告訴鄭莉，感嘆說：「這社會還真是好人做不得啊，做好人卻被打成這個樣子，當時幸虧湯曼吐了，不然的話，我和湯言還不知道會打成什麼樣子呢。」

鄭莉笑了起來，說：「你閱盡春色，被打成這個樣子倒也不冤。誒，小曼是不是很豐滿啊？」

傅華哭笑不得地說：「小莉，你不會也不相信我吧？」

鄭莉笑說：「我相信藥不是你下的，不過小曼那麼性感，有那麼好的機會，你大概也不會放過吧？男人嘛，都是下半身思考的動物啊。」

傅華鬱悶地說：「我這一晚上真是悶死了，你就別再來開我的玩笑了。我哪裡敢看啊，我看到她衣服解開了，就趕緊下車打電話通知湯言，結果卻遭了他的毒手，你還要笑話我，真是一點同情心都沒有。我現在這個樣子，明天還不知道要怎麼去單位見人呢。」

鄭莉笑說：「你看了漂亮妹妹的身子，我開你幾句玩笑，就當平衡一下啦。」

傅華有些生氣了，說：「你還說！」

鄭莉說：「好啦，我不說了，我給你去煮雞蛋，我看書上說眼眶腫起來必須用煮熟的雞蛋慢慢的揉滾才能儘快消腫。」

鄭莉就去廚房幫傅華煮了幾個雞蛋，然後拿雞蛋幫傅華揉著臉，心疼的說：「湯言這傢伙下手也太狠了吧？」

好一會兒傅華才感覺好一點，看看天都快亮了，便匆忙去小睡了一會兒。

傅華去駐京辦上班前，還不忘讓鄭莉想辦法問一下湯曼的情況，鄭莉笑說：「行了，我會幫你問你的小情人現在好不好的。」

傅華走後，鄭莉就撥了湯曼的電話。

電話響了一會兒，一個男人接了電話，說：「哪位？」

鄭莉愣了一下，問道：「你是？」

男人說：「我湯言。」

語調還是一貫的冷淡傲慢，鄭莉說：「是湯少啊，我鄭莉，我打電話想問小曼現在怎麼樣了？」

湯言聽是鄭莉，很難得的笑了笑說：「是你啊，我們好久沒聯絡了。」

鄭莉不想跟湯言有太多的接觸，便說：「是啊，誒，小曼現在沒事了吧？」

湯言說：「傅華把事情都告訴你了？」

鄭莉說：「是啊，昨晚回來他就跟我說了，我想你是誤會他了，他昨晚是跟海川來的一個朋友出去喝酒，正好碰到了小曼和一幫朋友也在那家酒吧。後來發現小曼的情形不對，就把她從酒吧帶了出來。事情的經過就是這個樣子。小曼現在究竟怎麼樣了？」

湯言說：「昨晚她洗了胃，已經沒事了，不過還需要留在醫院觀察幾天，現在她正在休息，我怕驚醒了她，就替她接了電話。」

湯言此刻已經沒有昨晚那麼衝動了，雖然他不知道事情的真相究竟如何，但是鄭莉的話他還是很相信的。

鄭莉訝異地說：「要洗胃這麼嚴重啊？」

湯言說：「醫生說小曼是吃了一種複合型的毒品，是什麼K粉之類的摻雜在一起的禁藥，藥效反應強烈，有很強的迷幻性。」

鄭莉說：「我想去看看小曼，什麼時間去比較合適？」

湯言說：「你過來吧，估計她就要醒了。」

鄭莉猶豫了一下，這個時間過去，肯定會跟湯言碰到面，她並不想見這個男人，這倒不是擔心會造成什麼誤會，而是她實在不想跟這個傲慢的男人見面。

就像剛才，她明明解釋了昨晚並不是傅華的錯，按理，這時候湯言起碼也該爲他把傅華打成那個樣子道個歉吧？可他就像沒事人一樣，隻字不提，讓鄭莉心裏不由得就有氣。

她問湯言什麼時間去比較方便，實際上是想暗示湯言，讓湯言回避一下，可湯言似乎並沒有明白她的意思。

鄭莉便說：「還是讓小曼多休息一下吧，我等下午再去看她吧。」

湯言說：「隨你了。」

此刻，到了駐京辦的傅華行跡顯得有點鬼祟，他在車裏四下看了看沒人，然後才敢下車低著頭走進海川大廈。

大廳的櫃臺小姐跟他問好，他也不敢抬頭去看人家，只是低著頭快步進了電梯。幸好他今天遲到了一點，電梯裏並沒有駐京辦或者海川大廈裏的熟人，讓他不至於因爲臉上的紅腫而尷尬。

臨近中午的時候，丁益來了，一進門就開玩笑說：「傅哥，你昨天也太不夠意思了吧，說自己要早點回去休息，結果卻是偷著帶了一個女人走了。怎麼樣，昨晚那個女人讓你很happy吧？」

傅華低著頭說：「你胡說八道什麼啊，我昨晚可沒帶什麼女人開房。」

丁益笑說：「誒誒，別在我面前裝了，那個女人我可看的很清楚，就是你介紹我認識的那個湯曼，想不到你們之間早就有一腿了，難怪她對你很熱情，對我根本不理會。別不好意思了，你放心，大家都是男人，我能理解的，我不會把這件事告訴嫂子的。」

傅華仍舊低著頭，說：「別胡說八道啊，事情不是你想的那個樣子。」

丁益仍自顧自地說著：「到這時候了你還在裝啊？我可是看到你們抱在一起走出酒吧的，你別低著頭裝害羞啊，傅哥，想不到你還挺風流的。」

傅華有點惱火了，說：「你瞎說什麼啊，根本就沒那麼回事。」

丁益這時湊得很近，才注意到傅華臉上的傷痕和紅腫，訝異地問說：「你的臉怎麼了？被別人打了？」

傅華見遮掩不過去了，便抬起頭說：「是啊，不是被人打的，還能自己撞的？你一來就瞎咧咧，你看我這個樣子像是很happy的樣子嗎？」

丁益這下子完全看清了傅華的臉，他撲哧一聲笑了出來，說：「誒，傅哥，你怎麼搞成這個樣子了？昨晚遇到情敵啦？」

傅華瞅了丁益一眼，沒好氣的說：「什麼情敵啊，我英雄救美，結果卻被美女的哥哥給打了兩拳。」

丁益呵呵大笑了起來，說：「怎麼會這樣啊？」

傅華不高興地說：「別再笑了，再笑我跟你翻臉了。」

丁益好不容易把笑聲憋了回去，然後問道：「究竟是怎麼回事啊？」

傅華就把昨晚發生的事情跟丁益講，丁益聽完說：「難怪你說湯曼的哥哥更加傲慢，

我看這傢伙根本就是不講理嘛，誒，你們是不是有仇啊？」

傅華說：「是有點過節，他追求過你嫂子。」

丁益拍了下手說：「這就對了，他根本就是趁機報復嘛，不然也不會下手這麼狠。」

傅華想想也是，昨晚湯言好像是要吃了他一樣，他肯定是把新仇舊恨加到了一起，才會打得他這麼狠的。

湯言當時是打痛快了，不過湯曼醒過來後，一定會把事情的真相源源本本的講給湯言聽的，那時候湯言只好跟自己道歉啦，傅華還真想看看倨傲的湯言到時候要怎麼低下頭跟自己道歉。

傅華冷笑一聲，說：「等著瞧吧，我會好好收拾他的。」

丁益笑說：「好啦，我們別說他了，我很餓了，去吃飯吧。」

傅華看了一下時間，說：「等一下吧，現在正是午休時間，被人看到我這個樣子多不好啊？一會兒等他們都上班了，我們再出去吃。」

丁益勸說：「傅哥，何必呢？你臉上的腫可不是一兩天就能完全消除的，反正總是會被人看到的，你躲什麼啊？那樣反而會被人認爲你心虛的。」

傅華想想也是，總不能沒消腫的這幾天都不見人吧？就說：

「那好，我不躲就是了，不過一會兒下去吃飯的時候，可不准提起什麼女人啊。你也知道駐京辦是個是非之地，如果讓他們知道我受傷是跟一個女人有關的話，一定會有人說我是跟人爭風吃醋才搞成這個樣子的。」

傅華知道駐京辦裏有人對他很有意見，這些年有不少人偷著向市裏打小報告，說他在駐京辦風花雪月，不務正業，現在臉上這麼明顯的傷痕擺在那裏，有心人還不知道會為此編上多少花花故事呢，等著他的很可能又是一通嚴厲的指責。

丁益笑說：「我是不會說什麼女人的，不過別人會不會這麼想就很難說了。」

傅華說：「行了，那些我管不了，你就管好自己的嘴就好了。」

兩人就下去餐廳吃飯，傅華知道也沒什麼好遮掩的，也就不再低著頭跟做賊似的，跟丁益談笑著進了餐廳。

一路上雖然有海川大廈和駐京辦的員工看到傅華這個樣子，不過他們只是在心中暗自疑惑，不敢直接去問傅華是怎麼回事。

倒是副主任林東和羅雨看到了，過來關心了一下，傅華只說昨晚不小心摔倒了，把他們給敷衍了過去。

丁益和傅華就坐下來吃飯，丁益看著傅華身後的林東，低聲對傅華說：「林東一直用懷疑的眼神在看著你呢，這傢伙肯定又會打你的小報告了。」

傅華聳聳肩說：「每個單位總是有這麼一兩個討厭的人的，這傢伙這幾年就沒停下來搞我的小動作，隨他去吧，反正我也習慣了。」

這時章鳳和趙淼正好也下來餐廳吃飯，兩人看到傅華的臉，十分的吃驚，趙淼關心地問道：「姐夫，你這是怎麼了？被誰打成這個樣子啊？」

傅華知道林東一定豎著耳朵等著聽他說什麼呢，他自然無法在這裏跟趙淼說實話，只好笑笑說：「不是被打的，不小心摔的。」

趙淼不禁笑說：「你騙誰啊，這一看就是被人打的，眼眶一拳，下巴一拳，這傢伙可夠狠的。」

傅華不想讓趙淼把話題繼續往深處引，就對一旁的章鳳說：「章鳳啊，你現在跟小淼可真是親密，兩個人形影不離啊。」

章鳳看傅華突然轉了話題，知道傅華不想談被打的事情，便笑笑說：「一起吃個飯罷了，姐夫，你就別拿我們開玩笑了。」

趙淼還想繼續問傅華被打的事，章鳳卻不讓他有這個機會，拖了他一把說：「坐下來吃飯吧。」

四個人便一起坐了下來開始吃飯。

丁益注意到林東的眼神不時地往這邊瞄，顯然在注意傅華說了些什麼，他跟趙淼也算熟悉，就主動找話題跟趙淼攀談，把傅華受傷的事給岔了過去。

第三章

一場誤會

湯言說：「好，我承認那件事我做得不夠光明磊落，不過昨晚的事情……」

湯言還沒說完，鄭莉就急道：「湯言，你到底是怎麼回事啊？我不是跟你解釋了嗎，那是一場誤會，傳華絕對不會是下藥害人的那種人。」

下午，鄭莉吃過午飯之後，又休息了一會兒，估計湯言可能不在醫院了，就去醫院看湯曼。

到了湯曼的病房，她愣了一下，開門的竟然是湯言，這傢伙竟然還沒走。

鄭莉微笑了下，她自從拒絕湯言的追求後，已經有一段時間沒跟他見過面了，現在再見面，有些陌生的感覺。她說：「你還沒走啊，小曼呢？」

湯言說：「小曼還在睡覺。」

鄭莉說：「她一直沒醒嗎？」

湯言說：「醒了一次，吃了點東西，就又睡著了。」

鄭莉不好意思地說：「我來的真不是時候，既然小曼還在休息，那我就先走了，回頭再來看她。」

湯言看著鄭莉，說：「你進來坐一下吧，估計她也快醒了。」

鄭莉遲疑了一下，湯言說：「我沒這麼可怕吧，讓你連進來都不敢進來？」

鄭莉笑說：「我是怕影響到小曼休息。」

湯言說：「不會，這丫頭已經睡了不少時間了，也該醒了。」

鄭莉這時候再退出去，就好像對湯言有什麼意見似的，就說：「那我進去看看小曼。」湯言就把門讓開。

鄭莉走了進去，看湯曼呼吸平穩，睡得很香，只是面色有些蒼白。

鄭莉正在打量著湯曼，身後的湯言也在打量著鄭莉，說：「小莉啊，你比我們當初見到的時候更加漂亮了。」

鄭莉說：「你別笑話我了，我已經嫁作人婦，怎麼會更加漂亮呢？」

湯言深情地說：「你在我眼中就是更美了，有一種成熟的魅力。」

鄭莉有些尷尬地說：「湯少，別說這個了好嗎？」

湯言不以為意地說：「這有什麼不可說的，你確實是更有魅力了，難道傅華不讓別人誇獎你嗎？」

鄭莉說：「我不是那個意思，我是覺得我們再談這個沒有意義了。」

湯言悵然地說：「我也沒想表達什麼意義出來，只是告訴你我心中真實的感受罷了。你現在過得還好嗎？」

鄭莉說：「很好啊，我跟傅華在一起，很輕鬆，很快樂。」

湯言瞅了眼鄭莉，冷笑一聲說：「我就不明白了，那個傅華有什麼好，他哪一方面比我強啊？錢沒賺到多少，官也就芝麻大小，這種人你怎麼會喜歡啊？」

鄭莉淺笑了笑說：「這個你不需要明白，我明白他的好在哪裡就行了。」

湯言很受不了鄭莉這種對傅華信賴的態度，便說：「小莉，恐怕傅華不是你想像中的那麼好吧？背著你，他不知道是怎麼樣的一個人呢，就像上次我請他去鼎福俱樂部玩，他在鄭叔的面前都敢摟著俱樂部最漂亮的妹，你說他心裏究竟有沒有你啊？」

鄭莉搖了搖頭，說：「湯言，你不會跟我玩層次這麼低的把戲吧？鼎福俱樂部那件事我還沒找你理論呢，我們已經沒什麼關係了，你還設局捉弄傅華幹什麼啊？你不覺得這讓人感覺你的度量太狹隘了嗎？」

湯言臉上難得的紅了一下，說：「好，我承認那件事我做得不夠光明磊落，不過昨晚的事情……」

湯言還沒說完，鄭莉就急道：「湯言，你到底是怎麼回事啊？我不是跟你解釋了嗎，那是一場誤會，傅華絕對不會是下藥害人的那種人。」

湯言冷冷地說：「我知道不是他下的，但是不代表他就沒趁機佔小曼便宜，當時的情形你沒看到，小曼的上衣整個都被解開了，上身是被扒光的。小曼當時神志不清，處於一種昏迷狀態，什麼行動能力都沒有，這種狀態下，她的衣服是怎麼被扒開的？我看只能是被你的好老公解開的。」

鄭莉心說：難怪這傢伙一點道歉的意思都沒有，原來他還在誤會傅華呢，便說：「你胡說，傅華絕對不會做這種事的。如果真是他幹的，他去通知你幹什麼？」

湯言哼了聲說：「這就是他狡猾的地方，他知道小曼被他弄成這個樣子，如果不通知我，他是很難交代的，就編了一套謊言來通知我啦。」

鄭莉氣憤地說：「傅華才不會像你想的這麼齷齪。」

湯言說：「不是我把他想的齷齪，而是他做的事情本身就很齷齪。也就是你被他蒙蔽住了，才會這麼相信他。」

鄭莉說：「你胡說，傅華絕對不會這樣的。等小曼醒過來，你可以問問小曼，傅華究竟有沒有侵犯她？」

湯言說：「我問過小曼了，她只記得被人下了藥，然後碰到傅華，接下來發生了什麼事就都不記得了。」

鄭莉呆住了，如果湯曼什麼都不記得，那傅華做沒做這些事，除了傅華就沒人知道了。鄭莉是絕對相信傅華的，但是現在當事人都無法做證，這個誤會就無法弄清楚了。

鄭莉眉頭皺了起來，說：「你沒讓小曼好好回憶一下，當時究竟發生了什麼？」

湯言煩躁的說：「你讓我這個做哥哥的怎麼問啊？問她的衣服是被誰扒光的嗎？昨晚的事她已經很受傷了，我不想讓她再知道她被人侵犯過。」

湯言又說：「小曼是我的妹妹，我不想讓她在別人面前丟臉。醫生說，她被下的這種藥是一種約會藥，會讓人有短時間的失憶，既然小曼記不起那段時間發生的事情，我希望她就不要再想起來了，省得她痛苦。」

鄭莉心想：你妹妹不痛苦了，可是污水都被你潑到傅華身上，讓傅華有嘴也說不清。她不甘心傅華受冤枉，便說：「可是你不問清楚的話，又怎麼知道傅華做沒做呢？」

湯言說：「他又不是柳下惠，遇到這種情形又怎麼會放過？」

鄭莉斥責說：「你胡說，我相信傅華一定不會做侵犯小曼的事的。」

湯言搖搖頭說：「小莉，你醒醒吧，不要再被傅華這混蛋迷惑了，我都跟你說了，他在俱樂部的時候，也是摟著別的女人玩得很開心的，小曼這麼性感漂亮，他能放過？是男人都不太可能放過這種機會的，除非他是太監。」

鄭莉瞪了湯言一眼，說：「你不要拿你自己來衡量傅華，他絕不是那種人。」

湯言攤了攤手說：「你要相信他我也沒辦法，不過，我是不會去追問小曼昨晚究竟發生了什麼事，你如果當她是你的朋友，為了她好，我希望你最好也不要追問這件事情。」

鄭莉嘆了口氣，說：「這就是說，你不準備給傅華辯駁的機會了？」

湯言說：「我們各自心中有數就好了。你放心，我不會為這件事情去追究傅華的，不管怎麼說，是他把小曼帶出來的，也算是幫了小曼，這件事就算扯平了吧，我們就當這一切都沒發生過好了。」

鄭莉苦笑了一下，心說：這算什麼啊？按照傅華的說法，他明明是幫了小曼一個大忙，現在卻被湯言冤枉成一個色狼，幸好傅華此刻不在，不然真會被氣得七竅生煙的。

鄭莉眼看無法說服偏執的湯言，也沒有證據能夠證實傅華的清白，因此心情一下子惡劣了起來，也沒有留在這裏等湯曼醒的心情了，就說：「看來我來這兒並不受歡迎啊，那我走了。」

「誒，小莉姐，怎麼我剛醒你就要走啊？」湯曼恰在這時醒了過來，開口問道。

鄭莉已經轉身正要離開，聽到湯曼的話，只好轉過身來，說：「你醒啦，小曼？」

湯曼點點頭，說：「是啊，你來了有一會兒了？」

鄭莉看到湯言緊張的看著她，知道他是怕她問湯曼昨晚發生的事，心想現在去逼問湯曼也不是個合適的時機，真要觸發了湯曼不好的回憶，對湯曼也是一種傷害，就放棄了追問湯曼的意思，笑笑說：「是啊，我看你一直沒醒才想走的。怎麼樣，你沒事吧？」

湯曼虛弱的說：「我已經沒事了，只是頭疼得厲害。謝謝你來看我。」

鄭莉說：「你這丫頭，跟我還這麼客氣。這次你算受了一次教訓，今後可不要再玩得這麼瘋了。」

湯言在一旁幫腔說：「小莉說的是，我提醒過你很多次了，一個女孩子家玩得這麼瘋，很容易吃虧的。」

湯曼吐了一下舌頭，說：「好啦，我已經知道錯了，你們就別再說我了好嗎？」

湯言說：「這次嚇死我了，你真要有個什麼閃失，家裏的人都會很不好過的。」

湯曼說：「好啦，哥，你別說了，你可是答應我不告訴爸媽的。」

湯言沒好氣的瞪了湯曼一眼，氣呼呼地說：「只此一次，下次你還敢這樣子，我可不會再幫你了。」

湯曼笑笑說：「我就知道你疼我。誒，小莉姐，我這次能沒事，真多虧了傅哥，要不是他把我從酒吧裏帶出來，我還不知道會怎樣呢？是他讓你來看我的吧？」

鄭莉心想你是沒事了，可是傅華卻被你害得滿嘴都說不清楚了，不過湯言是湯言，湯曼是湯曼，這個女孩子並沒有什麼壞心思，鄭莉也不好把事情都怪在湯曼身上，就說：「是啊，他讓我過來看看你現在怎麼樣了。」

湯曼說：「你告訴傅哥，我沒事了，謝謝他關心我。」

鄭莉笑笑說：「我會轉告他的，你好好休息吧，我先走了。」

湯曼挽留鄭莉：「小莉姐，你不多陪我坐一會兒啦？這醫院好悶啊。」

鄭莉想：我再陪你坐下去，可能就會忍不住問你昨晚發生什麼事了，哪敢再坐下去啊，便笑笑說：「你身體剛好，還很虛弱，要多休息，我先走了，過幾天再來看你吧。」

湯曼失望地說：「這樣啊，小莉姐，我沒事了，你多陪我一會兒，我們聊聊天吧。」

湯言也不想鄭莉繼續留在這裏，話聊多了，可能就會聊到一些他不想提及的事，就說：「小曼，醫生說你要多休息的，你就讓小莉走吧，改天她會再來看你的。」

湯曼只好放鄭莉離開。

湯言送鄭莉出病房，關上病房門之後，感激地說：「小莉，謝謝你沒在小曼面前問昨晚的事情。」

鄭莉瞅了湯言一眼，說：「我不是爲了你，我是爲了小曼，我也不想讓她回想起不好的事情來。雖然我堅信傅華絕對沒做侵犯小曼的事，但繼續糾纏這件事，受傷的還是小曼，想想還是算了吧。湯言，我也不去跟你爭誰對誰錯，我不會再來看小曼了，希望你也不要找傅華的麻煩。我們之間，包括傅華，就到此爲止吧。」

湯言知道這個他心儀女子的心現在完全在傅華身上，他就是把傅華說得再不值，也沒有什麼用了，便苦笑了一下，說：「行，我答應你，到此爲止。」

晚上傅華下班回家，鄭莉已經做好了飯菜，兩人一起坐著吃飯。

傅華問道：「小莉，你今天問過小曼的情形了嗎？」

鄭莉看了眼傅華，笑說：「怎麼，這麼關心你的小情人啊？」

傅華趕緊說：「你別開這種玩笑了，我只是想知道她有沒有什麼事，你沒看到昨晚的情形，那時候小曼可不太妙。」

鄭莉本來還想繼續跟傅華開玩笑下去，可是看到他的樣子，想到他本來是做了件好事，卻被人冤枉成那個樣子，就有點心疼自己的丈夫，便說：「小曼已經沒事了，昨晚醫生給她洗了胃，現在人就是有點虛弱，她還讓我跟你道謝呢。」

傅華放下了心說：「她沒事就好。你這幾天沒事的話，多過去看看她吧。」

鄭莉說：「老公，我不會再去看她了，你以後也不要跟她聯繫了。」

傅華愣了一下，說：「怎麼了？發生了什麼事了？」

鄭莉說：「湯言認爲昨晚是你把小曼的衣服給解開的。」

傅華火了，啪的一聲就把筷子拍在桌子上，叫道：「這個湯言怎麼回事啊，怎麼這麼是非不分啊？他可以問小曼昨晚發生什麼事情的。」

鄭莉苦笑著說：「他問了，小曼有說藥不是你下的。」

傅華叫說：「這還不夠嗎？那他怎麼還來怪我啊？」

鄭莉無奈地說：「小曼說是被你從酒吧帶走的，但後面的事她都記不得了，所以她的上衣是怎麼解開的，小曼全都忘記了，湯言就把後面發生的事都認定是你幹的。」

傅華呆住了，好半天才結巴的說：「小曼怎麼會在這個關鍵的時候把事情給忘記了呢？這，這，這下我可就說不清了啊。」

鄭莉看到傅華急成這個樣子，伸手去握住了傅華的手，說：「老公，你別著急，我一點都沒懷疑過你，湯言會這麼想，是因爲他本來心裏就齷齪，才會把別人都當成跟他一樣的人的。」

傅華說：「可是小曼會怎麼看我啊？她會真的把我當成色狼的。」

鄭莉安慰他說：「這個你不用擔心，湯言並沒有告訴她後來的情形。湯言不想把事情張揚開來，所以不會讓小曼知道後來的情形的。」

傅華委屈地說：「可是我呢，我本來是好心想幫小曼的，結果卻變成我去非禮她了，這這……」

鄭莉正色說：「老公，你也不要太在意別人的看法，只要沒做虧心事，我們心裏就坦蕩蕩，怕什麼呢。」

傅華苦笑說：「話是這麼說，但事情怎麼會變成這個樣子的呢？」

鄭莉說：「你就當是老天爺跟你開的玩笑吧。」

傅華嘆說：「這個玩笑開的可有點大了。」

這時，傅華的手機響了起來，一看竟然是趙婷的電話。他看了一眼鄭莉，說：「小婷這時候打電話來幹什麼啊？」

鄭莉說：「也許是傅昭有什麼事吧，你趕緊接吧。」

傅華就接通了電話，趙婷一開口就問道：「傅華，你發生什麼事了？怎麼小淼回來說你被人打了？」

傅華暗自苦笑了一下，真是好事不出門，壞事傳千里啊，這麼快就傳到趙婷那裏了，這牽涉到另外一個女孩子的聲譽，他無法跟趙婷說究竟是怎麼回事，便笑笑說：「我沒事，不小心撞到了而已。」

趙婷說：「你別騙我了，小淼說看得很清楚，你是被人打的。你遮遮掩掩的幹什麼，跟我還不說實話？」

傅華說：「小婷，這件事你就別管了，反正我沒事的。」

趙婷著急地說：「我能不管嗎？你總是小昭的爸爸啊，不會是鄭莉姐在你身邊，你不方便說吧？難道你是爲了女人，跟人爭風吃醋才打架的？」

湯言誤會他，傅華心中已經有些惱火了，現在趙婷又說他是爲了爭風吃醋才被打的，就煩躁地說：「不是那麼回事，小莉就在一旁，我讓她跟你說好了。」就把手機遞給鄭莉，說：「我現在心煩得很，你來跟她說吧。」

鄭莉把手機接了過去，說：「小婷啊，你不用擔心，傅華沒事的。」

趙婷雖然原來跟鄭莉不錯，可是自從鄭莉嫁給傅華後，她們之間的關係就有些微妙了起來，對鄭莉，她說話不好像對傅華那麼隨便，便乾笑了一下，說：「沒事就好，其實也沒什麼，就是聽小淼回來說起這件事，我不放心才問一下。他真的是自己撞到的嗎？」

鄭莉知道隱瞞下去，趙婷也不會信的，便笑笑說：「那倒不是，不過也不是你想的那樣，他跟別人有點誤會，起了衝突，才弄成這個樣子的。不過現在誤會已經解釋清楚了，沒事了。」

聽鄭莉這麼說，趙婷也就不好再問什麼了，只好說：「沒事就好，那就這樣吧，鄭莉姐。」

趙婷掛了電話，鄭莉把手機還給傅華，說：「小婷到現在還是很關心你啊。」

傅華說：「她這個人就是這個樣子，老是沒個定性，她現在對那個老外有些厭倦，要不是爸爸管著她，怕是她又要離婚了。真是拿她沒辦法，總是想起一陣是一陣的。」

雖然傅華已經跟趙婷離了婚，但他也希望趙婷能夠過得幸福快樂，但是趙婷老是處於一種不穩定的狀態，讓傅華始終無法對她放下心來。

鄭莉知道今晚傅華的情緒因爲湯言已經很糟了，就不想再糾結在趙婷的事上，便笑笑說：「算了吧，老公，你也別太爲小婷擔心了，她自己的事總是會找到解決的辦法的，我們繼續吃我們的吧。」

傅華也沒心緒再說什麼了，兩人就悶悶的繼續吃飯。

第二天，丁益因爲已經跟中天集團談完事情，就離開了北京。傅華因爲臉上的傷，也沒到機場送他。

臨近中午，傅華辦公室的門被敲響了，趙婷推門走了進來。

傅華愣了一下，說：「你怎麼來了？」

趙婷瞪了傅華一眼，說：「我來看看你究竟是怎麼回事，不行啊？」

趙婷說著，就直接走到傅華面前，瞅著傅華的臉仔細地看了起來，說：「嘖嘖，打得還真是不輕啊，這人跟你什麼誤會啊，下手這麼狠。」

傅華說：「你不用這麼緊張，我沒事。」

趙婷忿忿地說：「你都被打成這個樣子了還說沒事？傅華，你一向不是衝動的人，這究竟是惹到誰了啊？」

傅華說：「你就別管了，反正事情已經過去了。」

趙婷有點惱火了，說：「傅華，我們總算也做過幾年夫妻，即使離婚了，彼此多少還有點感情吧？你跟我都不能說實話嗎？」

傅華說：「這不是說不說實話的問題，是你沒必要知道。」

趙婷質問說：「那你就是要拿我當外人了？我知道，你還在記恨我跟你離婚的事。」

傅華說：「我沒有。」

趙婷叫說：「什麼沒有，從我回北京後，你就對我不冷不熱的，當年你對我可不是這樣子的啊？」

傅華忍不住說：「小婷，你究竟搞沒搞清楚啊，我們現在已經不是當初那種關係了，你是John的妻子，我是鄭莉的老公，我們需要注意別人的觀感的，怎麼能像當初我們在一起的時候那個樣子呢？」

趙婷說：「你還記得我們當初曾經在一起過啊？我還以為你現在有了新歡，就忘了舊愛呢。」

傅華被搞得頭大了，說：「小婷啊，你怎麼還這麼任性啊？當初是你不要我的，我等了你很長一段時間，直到你跟John結婚，我才跟鄭莉開始的啊，現在你又反過頭來怨我，你還講不講道理啊？」

趙婷任性地說：「我就不講道理了！怎麼了，是，我當時是被John迷惑住了，有點對不起你，但是你就全對嗎？要不是因為你冷落我，不肯去澳洲，我會被John這個小屁孩迷惑住嗎？你知道我現在心裏也很苦啊，成天被他纏著不放，爸爸還一個勁的警告我，說不准對他不好，你又是這麼一個冷淡的態度，你們想幹嘛，要逼瘋我嗎？」

趙婷說完，竟委屈地哭了起來。

傅華一下愣住了，趙婷在他眼中一向是任性妄為的，像這麼委屈的在他面前哭泣，是很少看到的。

傅華並非不關心趙婷，心中也有點可憐趙婷，便問道：「你跟John真的到了過不下去的地步了嗎？」

趙婷止住了哭聲，抬頭看著傅華說：「我不知道你對過不下去是什麼定義，John現在對我還是言聽計從的，但是我看到他那種小綿羊的乖樣，就打從心裏厭煩。真是奇怪，我當初怎麼就被他迷住了呢？」

傅華有點哭笑不得的感覺，他看著趙婷說：「人家對你言聽計從還不好嗎？你忘了，我當初不就是不聽你擺佈，你才跟我離婚的嗎？」

趙婷尷尬的笑了笑，說：「傅華，我當時是太生你的氣了。其實認真回想起來，我覺得還是跟你在一起的時候最快樂，雖然我們有時也會爭吵，但那好像是生活中的一種調味料，只有那樣子生活才有趣味。」

傅華看到趙婷臉上帶雨梨花的模樣，有著一種令人心動的神韻。當初他娶她，也是真的爲她心動過的，便忍不住伸手幫趙婷擦掉臉上的淚水，安慰她說：「你不要哭了。」

趙婷見他這個樣子，心中也有所觸動，抓住傅華的手，臉貼了上去，然後淒苦的說：「傅華，我現在心裏真的很苦，這可都是你害我的啊。」

傅華想到兩人之間的種種過往，回憶如潮水般襲了上來。他嘆了口氣，也不知道該跟趙婷說什麼了，事情搞到這個樣子，又能怪誰呢，只能說是天意弄人了。

趙婷見傅華好半天沒說話，心知他也不好受，便抬起頭看著他，說：「傅華，你還是

心疼我的，是吧？」

傅華看到趙婷眼神中的綿綿情意，心裏悸動了一下，心說自己這是幹什麼啊，這樣做怎麼對得起鄭莉啊？便趕緊把手抽了出來。

見傅華把手抽了回去，趙婷臉色沉了下來，她凝視著傅華，說：「你對我還是有感覺的，你這是在擔心鄭莉，是吧？」

傅華苦笑了一下，說：「小婷，有些事已經發生了，就很難再回到過去了。」

趙婷哀怨地說：「我也沒想要完全回到過去，我只是想要你對我好一點而已，鄭莉就算知道，也不能說什麼吧？畢竟我們在一起，是在你跟她結婚之前啊。」

傅華心說賬可不是這麼算的，他搖搖頭說：「小婷，如果我曾經傷了你的心，我跟你說聲對不起，但是我不能再傷第二個女人的心了。」

趙婷可憐兮兮的說：「傅華，你不能對我這樣子吧？」

傅華說：「真的不可以的。不過John這方面，如果你真的無法忍受下去，我可以幫你跟爸爸說一下，讓他不要再去約束你了。」

趙婷臉上立即露出了一絲喜色，她知道現在想把傅華的心挽回來，是件相當困難的事，特別是她跟John還有婚姻的前提下。對她來說，能讓趙凱說允許她跟John離婚，先掙脫John對她的束縛，就是眼前她能爭取到的最好的一個結果了。

現在趙婷在趙凱面前已經沒有以往那麼受寵了，趙凱對她當初執意要離開傅華嫁給John十分惱火，甚至一度對趙婷不聞不問。趙婷知道她傷透了父親的心，便也不敢再像以前那樣任性。不過趙凱對傅華一直情同父子，如果傅華肯幫忙勸服趙凱，同意她跟John離婚，那爸爸很可能會點頭的。

趙婷看了看傅華，說：「你真的肯跟爸爸說這件事？」

傅華苦笑了一下說：「如果你跟John在一起真的不快樂，我想爸爸也不會固執的一定要把你們拴在一起的。畢竟我們都希望你快樂，而不是痛苦。」

趙婷高興地說：「那你趕緊去跟爸爸說，我相信他一定會聽你的，跟John這種溫吞水的生活，我真是過夠了。」

傅華忍不住勸說：「你是不是再多考慮一下，別一時衝動，將來再來後悔。」

趙婷尷尬的說：「一定不會了。我已經考慮很久了，一定不會後悔的。」

傅華說：「那好吧，我會找個時間跟爸爸聊一下的。」

趙婷卻等不及了，催促說：「別再找時間了，你現在就給爸爸打電話，問他什麼時間可以跟你聊一下。」

傅華說：「你不是這麼急吧？再說，我現在這個樣子怎麼去見爸爸啊？」

趙婷說：「你這樣子昨晚小淼已經跟爸爸講了，他都知道了，你怕什麼啊。快點，我幫你撥電話。」

傅華看這情形，趙婷確實是不想再跟John繼續生活下去了，只好任憑趙婷把電話撥給了趙凱。

「傅華，找我有事啊？」電話中，趙凱問道。

傅華說：「爸，是這樣子，我有點事想要跟您見面聊一下，您什麼時間有空啊？」

趙凱說：「什麼事啊？是不是跟你被打有關啊？」

傅華笑了笑說：「與那個無關，見面再說吧，您什麼時候有空？」

趙凱想了想說：「要不晚上你帶小莉過來吃飯，我們吃飯的時候談。」

在一旁豎著耳朵聽的趙婷趕緊衝傅華搖了搖頭，她要跟John分手並不是一件光彩的事，她可不想讓鄭莉參與其中。

傅華也擔心自己幫趙婷這個忙，會讓鄭莉有所誤會，因此也不希望當著鄭莉的面談這件事情，便說：「我是想單獨跟您談談。」

趙凱納悶說：「什麼事還不能讓小莉知道啊？」

傅華說：「也不是啦，只是她在面前有些話我不好說。」

趙凱遲疑了一下：「要不，你下午四點過來公司吧，我在辦公室等你。」

傅華說：「行。」趙凱就掛了電話。

趙婷已經聽到了兩人的對話，立即衝上來抱住傅華，狠狠地在他臉上親了一口，然後高興的說：「我就知道你不會看我過得這麼慘不幫我的。」

傅華趕緊掙脫了，看了趙婷一眼，說：「你幹嘛啊。」

傅華說著，又趕緊擦了擦被趙婷親過的地方，擔心臉上會留下趙婷的口紅印。

趙婷瞪了他一眼，說：「你不用擦了，我用的口紅不會檔次那麼低，還會留印記的。你幹嘛啊，當初我們在一起的時候，比這再親密的吻還不是都有過？」

傅華懶得再去跟趙婷爭辯，只是說：

「我醜話可說在前面啊，我幫你去跟爸爸說可以，但是不保證一定會成功。就算成功了，也不代表我們之間還有什麼，這個你要搞清楚。」

趙婷對傅華肯出面幫她說服趙凱已經是喜出望外了，這個時候當然不會再跟傅華要求更多，就笑著說：「行行，我都明白的。」

傅華說：「那你先回去吧，我下午四點就會去見爸爸。」

趙婷說：「那好，我等你好消息。」

第四章

民不與官鬥

東濤警告孟森，說：「孟董啊，我們現在是在做生意，有句話呢，叫做民不與官鬥，這些年我看到不少知名的商界大老，都是因為跟政府發生衝突而身敗名裂的，所以我們做事還是低調些比較好。公安局我們儘量少招惹。」

下午，傅華去了趙凱的辦公室。

趙凱看到傅華臉上的傷痕，雖然已經消了許多，但是傷痕還很明顯，便問道：「怎麼弄成這個樣子了？」

傅華在趙凱面前是不敢隱瞞的，便把事情的大概經過說給趙凱聽。

趙凱聽了後，笑說：「這真是無妄之災啊，好人做到你這種程度也真是夠慘了。」

傅華苦笑著說：「那個湯言跟小莉曾經相過親，對小莉很有好感，再加上前段時間因為海川重機重組的事，跟我有些衝突，對我很不滿，所以才會鬧成這個樣子的。」

趙凱分析說：「我覺得事情沒有這麼簡單，這個湯言我聽人說過，在資本運作市場上，是一把好手，做事心狠手辣。他並不是個笨人，不會看不出來你並沒有侵犯他妹妹的。據我看，你挨這兩拳，一方面可能是湯言心中懷恨你奪走了他的愛人，便借機給你兩拳，算是教訓你一下；另一方面，他固執的不肯承認你幫了他的妹妹，可能是不想領你的情，也許他在私下運作了什麼針對你的事情，如果領你的情的話，他的運作就失去了基礎，就無法進行下去了。」

傅華呆了一下，趙凱果然是老江湖，看問題跟別人的視角不一樣。

傅華心中也在奇怪，為什麼湯言會那麼偏執的一口咬定他一定侵犯了湯曼，就算湯言是個倨傲的人，也不至於這樣啊？現在趙凱的分析，給他提供了一個合理的解釋。

傅華心裏警惕了起來，最近他沒過問談紅股份出讓的事，不知道湯言這段時間又做了什麼手腳，看來是要找個時間過去頂峰證券看看了。

傅華佩服地說：「還是爸爸您眼光獨到，還真有可能像您所說的這樣，回去我會查證一下，湯言是不是在暗地裏做了什麼。」

趙凱提醒說：「小心一點總是好的。誒，你今天來找我是要談什麼事啊？」

傅華說：「小婷今天上午去我那裏，跟我談起了她目前的狀況。」

聽到傅華提起趙婷，趙凱臉色一下子就沉了下來，他說：「她跟你說什麼了？不會又是她跟John過不下去了的事吧？」

趙凱還真是瞭解他的女兒，傅華忍不住笑說：「被您說中了，她還真是這麼說的，她說實在受不了John這種像小綿羊的性格。」

趙凱不高興的說：「John什麼都聽她的還不好？她究竟想幹嘛啊？」

傅華苦笑著說：「我也不清楚小婷究竟想幹嘛，不過我看得出來，她是真的過得很不快樂。」

趙凱生氣地說：「她快樂了，別人就無法快樂了。如果隨她的意，John就苦了。我知道她在想什麼，她現在是後悔跟你離婚了。這也怪我，我當初就是沒堅持住，遂了她的意，才會把事情搞成現在這個樣子的。」

傳華打圓場說：「這不能怪您的，再說，那些事情都已經過去了。」

趙凱看了看傳華，說：「你跟我說這些是想幹嘛？你要幫她離開John？」

傳華點點頭說：「是的，我覺得這樣對小婷很不好。爸爸，您不能老是拿老一輩的道德標準來約束她的。」

趙凱看了眼傳華，說：「你是說我太保守了？」

傳華婉轉地說：「我不是那個意思，我只是覺得小婷回來已經有段時間了，她要是能繼續跟John在一起的話，恐怕早就跟John和好了。到現在她還是想要跟John分開，那說明她做這個決定並不是一時的衝動。」

趙凱搖搖頭說：「傳華，小婷的個性你和我都瞭解，你該知道她一旦認定了什麼事的時候，不論什麼都無法改變她的想法的。」

傳華說：「是啊，她的個性我瞭解，就是因爲如此，我才覺得這樣勉強她下去，她今後的生活都會不快樂的。」

趙凱說：「傳華，你沒聽明白我的意思，你應該知道小婷真正想要的是什麼，她厭倦John只是一部分，事實上她是後悔離開了你。我約束她不讓她離開John，一方面是爲了John，另一方面也是爲了你好，你現在跟小莉過得很好，有John在，小婷還不太好意思去糾纏你，如果沒有了John，很難講小婷會對你做些什麼，這對你和小莉可不是件好事。」

傅華感激地說：「這個我知道，可是今天我看到小婷真的很痛苦，我不忍心看她再這樣下去。說起來也是我不好，當初我如果能多順著她一點，也許今天就不會這樣了。」

趙凱嘆了口氣，說：「John都順著她，還不是被她嫌棄？我這個女兒啊，真不知道她究竟想要什麼。」

傅華勸說：「爸爸，我覺得您還是不要去約束她了，她想要怎麼做，就讓她自己決定好了。至於我這邊，我已經很明確地告訴她了，我跟她是不可能的。」

趙凱擔心地說：「恐怕她不是這麼想啊。哎，傅華，你就是心軟啊。」

傅華無奈地說：「我跟小婷雖然已經是過去式，但是我對她總是還有些感情在的，我沒辦法看到她這麼痛苦。」

趙凱說：「我這個爸爸也不願意每天看她悶悶不樂的樣子啊。算了，既然你都這麼說了，我就不管這件事了，隨便小婷她好了。」

傅華說：「那John您打算怎麼辦？」

John現在在通匯集團工作，如果趙婷跟他分手，他的身分一下子就尷尬起來。

趙凱為難地說：「我也不能攆他走啊，這孩子其實很不錯，工作很盡心盡力，回頭我會跟他談一下，看他自己的意思。如果他願意留在通匯集團，那就留下來；不願意的話，我會幫他推薦一家公司的。」

傅華苦笑了一下，這件事情當中，最無辜的就是John啦，可是感情的事情是不能勉強的，傅華雖然可憐John，卻也無法幫他什麼。

從趙凱辦公室出來，傅華就打了電話給趙婷，告訴她趙凱同意不管她和John之間的事了，讓她愛怎麼辦就怎麼辦吧。

「真的嗎？」趙婷興奮的叫了起來。

傅華說：「小婷，你也不用太高興，John也陪伴了你幾年，我真不知道你要怎麼去跟他談分手，希望你不要對他太殘忍了。」

趙婷如釋重負地說：「這個好辦，老外嘛，在感情上向來就是有愛就在一起，沒愛了就分手，我相信只要我跟John說清楚我不愛他了，他就會跟我分手的。」

傅華心想：如果能這麼簡單，John可能早就主動離開了，便說：「你是不是想得太容易了?再是小昭跟John感情很好，你還是慎重一點比較好。」

趙婷一聽趙凱不再約束她非要跟John在一起，如蒙大赦，自然是滿腔的興奮，那裏還聽得進傅華在說什麼，便笑笑說：「好啦，你別囉嗦了，我知道該怎麼跟John談的。」說完就掛了電話。

傅華在這邊愣了一下，心說這個女人可不要把事情辦砸了。不過他也知道趙婷向來辦事只憑自己的性子來的，想要她能把事情辦圓滿了，怕還真是很難。他心裏就有些後悔，也許不應該幫趙婷跟趙凱說這件事的，只是後悔也來不及了。

看看離下班還有一段時間，傅華有些鬱悶的回到駐京辦。

剛到辦公室坐下來，手機就響了起來，看看是鄭莉的號碼，趕忙接通了。

鄭莉說：「你趕緊回來吧。」

傅華說：「怎麼啦，出了什麼事了？」

鄭莉說：「趕緊回家，John跑來了，在我們家哭呢，說小婷不要他了。」

傅華呆了一下，沒想到趙婷這麼快就跟John攤牌了，心裏不由得暗自叫苦，這個任性的女人搞什麼啊，現在John跑到家裏去哭，這要他怎麼收場啊？

傅華不敢怠慢，趕忙趕回家去。

一進門，鄭莉就迎了過來，說：「快過去看看吧，John又哭了一陣子，我怎麼勸他也勸不住。」

傅華走到客廳，John還在抽泣，看到傅華過來，他似乎感覺越發的委屈，眼淚汪汪的說：「傅，婷她不要我了，我怎麼辦呢？」

傅華心說，你一個大男人怎麼這麼孬啊，趙婷不要你了，你去找趙婷啊，跑我家裏哭算是怎麼回事啊？便嘆了口氣，說：「John，你別這樣子，先冷靜下來好不好？」

John說：「我現在要怎麼冷靜啊？婷說要跟我分手，我腦子裏亂成一鍋粥，都不知道該怎麼辦了。」

傅華沒好氣的說：「那你哭就有辦法了？」

鄭莉這時也走過來勸說：「是啊，John，你先別哭了，哭是解決不了問題的。你先冷靜一下，我們幫你想辦法。」

John這才慢慢停下來不哭了，他看著傅華說：「傅，婷一向很尊重你的，你幫我跟她說說吧，不要讓她跟我分手。」

傅華苦笑著說：「John，這個我幫不了你，你是西方人，應該比我們更知道感情的事是無法靠別人下命令來維持的。」

John的眉頭皺了起來，說：「這可怎麼辦啊，我很愛婷的。」

鄭莉說：「John，你應該想一想，你跟小婷之間的問題究竟出在哪裡。」

John苦著臉說：「我就是不明白她爲什麼會想要跟我分手，我什麼事情都聽她的啊？她想要我做什麼，我就做什麼，她還要我怎麼樣啊？」

傅華心說：就是你太順從才會讓她想要跟你分手的，她想要的一個伴侶，而不是一個奴才。

鄭莉覺得John很可憐，就對傅華說：「你說句話啊，你不是一向很有辦法的嗎？你就幫他想想主意吧。」

傅華無奈地說：「這種事情我能有什麼辦法幫他啊？」

鄭莉同情地說：「John是個好人，我們總不能就看著他這樣子吧？」

傅華嘆了口氣，說：「John，你跟小婷在一起也有一段時間了，應該知道她不會喜歡一個哭哭啼啼的男人，你這個樣子並不能讓她回心轉意，相反，只會更讓她疏遠你。」

鄭莉說：「對啊，小婷的個性是吃硬不吃軟的，你這個樣子她會更不喜歡你的。」

John說：「可是對婷，我怎麼也強硬不起來啊。」

鄭莉暗自搖頭，心說你這個男人也真是沒用，對女人不能光靠哄，適當的時候也要有一點男子氣概才行，一個勁的在她面前服軟，難怪趙婷會不喜歡你了。

傅華只好勸說：「好了，你就先別急了，事情也不是沒有挽回的餘地，你再找小婷談一談嘛。」

John搖搖頭說：「不行，婷跟我說了，她已經忍耐了我很久了，現在好不容易爸爸答應她，不管她跟我的事，她必須儘快解決這件事情。不管我同不同意，她都要離婚。反正她是鐵了心要離開我了。」

鄭莉聽了，奇怪地說：「爸爸怎麼會突然改變態度了呢？他不是一直不准小婷跟John分手的嗎？」

傅華這時越發覺得自己去找趙凱幫趙婷解套，並不是一個好的做法，趙婷現在解脫了，可是John卻黏上他了。

他也不好在John面前說趙凱轉變態度是因爲他幫趙婷說了話，只好乾笑一下說：「先別管這個了，還是看看這件事要怎麼解決吧。John，小婷的態度既然這麼堅決，你何不放手算了。」

John愣了一下，說：「傅，你這麼說是什麼意思啊？你也想讓我離開婷？」

傅華說：「小婷對你已經沒有愛了，勉強下去對誰都是痛苦，該放手就放手吧。」

John卻不願意，說：「不行，我不放手，我是愛著她的。」

傅華勸說：「那你就更不能這樣子了，你也不希望你愛的人不快樂是吧？愛並不是佔有，而是讓自己愛的人快樂，你說是吧？」

John艱難的點了點頭，說：「是，這段時間婷一直都很不快樂，也許爲了她，我真的應該放手。」

傅華暗自鬆了口氣，心想你總算想明白了。

鄭莉在一旁也說：「John，你能這麼想就對了，愛一個人就是要讓她幸福快樂。你暫且退一步也好，給小婷一點空間，讓她好好思考一下你們的關係，也許她會想到你的好處，會回到你身邊呢？」

傅華聽鄭莉這麼說，不禁暗自埋怨鄭莉，你又給John希望幹什麼啊？趙婷急著掙脫

John對她的束縛都來不及了，又怎麼會回過頭來再喜歡上John呢？

果然，John聽鄭莉這麼說，眼睛就亮了，說：「對，鄭你說的對，可能是我把婷逼得太緊了，才會讓她這麼討厭我的，如果我給她一點空間，說不定還有挽回的機會。傅，你幫我一個忙好不好？」

傅華看到John用期望的眼神看著他，不好拒絕，只好說：「你想要我做什麼啊？」

John央求說：「我能不能在你這兒借住幾天啊？」

傅華看了一下鄭莉，鄭莉笑笑說：「行啊，你想住在這裏就住吧。」

傅華眉頭皺了一下，心說這件事還真是麻煩，現在趙婷還沒解決，John卻又纏了上來，不過鄭莉已經答應讓John暫住在這裏，他也無法再說什麼了。

鄭莉帶著John去客房，這時傅華的電話響了起來，是趙婷打來的，他不敢在客廳接，怕被John聽到，就去書房，關上門後他才按下接通鍵。

趙婷高興的說：「傅華，我跟John攤牌了，這傢伙竟然哭著跑走了，到現在也沒回來。現在家裏少了這個黏人的傢伙，感覺真是太好了。」

傅華苦笑著說：「你感覺是好了，可是卻苦了我和小莉了。」

趙婷不解地說：「這關你們夫妻倆什麼事啊？」

傅華嘆了口氣說：「John在我們家哭了半天，我說你啊，就不能好好的跟他說清楚嗎？有必要把他逼到這種程度嗎？現在可好，你不麻煩了，麻煩倒成了我的了。」

趙婷說：「既然John在你那兒，你就應該領教到他那種牛皮糖似的黏人勁了，換做你是我，你受得了啊？」

傅華說：「我也受不了，不過，這可是當初你自己認定的人，他這種性格不是你早就應該知道的嗎？你還是趕緊想辦法把他弄回去吧，我可受不了他那種哭哭啼啼的樣子。唉，我真後悔不該幫你跟爸爸說這件事。」

趙婷卻有點幸災樂禍地說道：「嘿嘿，太晚了，現在讓你也嘗嘗那個牛皮糖的膩人勁吧。」

這時鄭莉推開書房的門走了進來，問道：「老公，你跟誰打電話呢？」

傅華掛了電話，回說：「還能有誰啊，小婷嘛，她可高興了。」

鄭莉質問道：「我怎麼聽你說你後悔不該幫她跟爸爸說這件事，原來爸爸突然轉變態度，是你在後面搞的鬼啊？」

傅華沒想到這句話竟然被鄭莉聽到了，有點尷尬的說：「被你聽到啦，是的，是我幫小婷跟爸爸說了這件事。」

鄭莉臉色沉了下來，她對傅華這麼做很不高興，便對傅華說：「你原來不是也不希望小婷跟John分手嗎？怎麼突然會態度來了個一百八十度的轉彎呢？」

傅華解釋說：「小婷上午去找我，說她快要被逼瘋了，我看她痛苦的樣子實在於心不忍，才答應她去爸爸那裏幫她說幾句話。」

鄭莉的臉色越發的難看了，說：「你上午見過小婷？」

傅華緊張了起來，說：「是她去駐京辦找我的。小莉啊，你不高興了？」

鄭莉十分不滿，抱怨說：「我不知道你是怎麼想的，這件事，你怎麼事先也不跟我說一聲呢？」

傅華看著鄭莉的表情，納悶地說：「怎麼了，我只不過是看小婷太痛苦，幫她一下而已，可沒別的想法。」

鄭莉冷冷地說：「你就是有什麼想法，我也沒法知道啊？」

傅華慌了，趕忙說：「小莉，你一向不是都很信任我的嗎？怎麼這件事就不理解我了呢？趙婷雖然跟我離婚了，但是我們總還有一些感情在，加上兒子的關係，我總不能看著她這麼痛苦不管吧？」

鄭莉生氣地說：「是啊，你不能不管，那你乾脆把她帶回家來算了。」

傅華趕緊說：「小莉，我一點這個意思都沒有啊，你可別冤枉我。」

鄭莉說：「我不懂，本來大家各自過得好好的，你非要把這個局面打破了幹什麼？」

傅華說：「我不過是看小婷太痛苦了嘛。」

鄭莉忍不住諷刺說：「你還真是菩薩心腸啊，那現在小婷高興了，John卻痛苦了，你是不是再想個什麼辦法，讓John也高興高興啊？」

傅華不知道鄭莉爲什麼會對這件事這麼敏感，不禁煩躁地說：「什麼跟什麼啊？John和小婷是一回事嗎？小莉，你不要胡攪蠻纏了好嗎？」

鄭莉哼了聲說：「你真行啊，連胡攪蠻纏都出來了？」

傅華眉頭不禁皺了起來，不耐地說：「小莉，你別這樣子好不好？我真的不知道我做錯了什麼。」

鄭莉生氣地說：「你不知道，那我告訴你，小婷爲什麼不願意跟John繼續下去，是因爲她後悔不該跟你分開，你現在幫她跟John分開了，是不是想製造機會，讓小婷再回到你身邊啊？」

傅華被搞得惱火起來，大聲叫道：「你要我說多少遍才明白啊？我都跟你說了，我沒那個意思，我只是不忍心看她那麼痛苦。」

鄭莉瞅了傅華一眼，說：「你那麼大聲幹什麼，是不是被我說中了？」

傅華真是沒招了，他衝著鄭莉擺了擺手說：「我們不要吵了好不好，你先冷靜一下，我跟你保證，我絕沒有任何一點那樣的想法。」

鄭莉仍不放過，說：「可是你能保證小婷不這麼想嗎？到時候你要怎麼辦，又不忍心看她痛苦，再次接受她？」

傅華頭大了，再三保證說：「我絕不可能這麼做的。」

鄭莉嘆了口氣，說：「只怕到時候你就不這麼想了。」

傅華抱了一下鄭莉，說：「小莉，你要相信我，我會把這件事情處理好的。」

鄭莉看了看傅華，還想要說些什麼，終究忍住了，沒有把話說出來。

海川。

姜非終於接任了海川市公安局局長。

自從張琳知道姜非接任海川市公安局局長是省委的意思，他心裏就很清楚他只能接受這個安排了。

張琳這個人倒也有一項好處，對他無法改變的狀況，往往會選擇逆來順受，因此明明心裏對此很不滿意，但還是對姜非的到來表示了歡迎。

姜非上任之後，並沒有立刻就搞什麼大的動作，只說希望其他同志能多支持他的工作。公安局的人見新來的局長這麼客氣，並不像傳說中的那麼嚴厲，頓時都鬆了一口氣。

孫守義也沒有急著去跟姜非有什麼接觸，他知道束濤和孟森那幫人現在正在看著他的一舉一動，此時就跟姜非接觸會太顯眼。

實際上，他和姜非在省城的時候就已經說好，會先給姜非一段熟悉海川人事的時間，因而姜非並沒有一上任就急著求表現，反而沉下心來，先瞭解具體的狀況，孫守義便知道唐政委的同學推薦姜非是很有道理的，這個姜非確實有他的一套。

孫守義並沒有把他跟姜非私下的接觸跟金達說，雖然他們已經交流了彼此的看法，但是這並不表示孫守義就完全信任金達，他始終覺得金達不太可靠，前段時間金達迫於形勢，選擇跟他站在同一邊，但也許一旦風向逆轉，金達又會騎牆或者去跟張琳結盟。

這在最近城邑集團稅款被查處這件事上，表現的特別明顯，金達在張琳出面爲城邑集團說情之後，竟然對城邑集團只給了很輕的處罰，讓城邑集團補交了稅款，就輕易放過了束濤。

金達這麼做，讓孫守義非常失望，本來他期望借此機會重罰城邑集團的，讓城邑集團元氣大傷的情況下，無法再參與舊城改造項目的競標。沒想到好不容易才抓到城邑集團的小辮子，卻讓金達這麼就放過了。

孫守義對此自然是無法滿意。他高度懷疑金達是遊走在他跟張琳之間左右搖擺，首鼠兩端。

金達的解釋是城邑集團對海川財稅做出很多貢獻，因此不得不放過他們，問題是城邑集團是張琳手裏的一張王牌，如果不能把這張王牌打倒的話，那對張琳也就無可奈何，只能看著他在海川爲所欲爲了。

這是一個零和的局面，不是你贏就是他贏，絕對不可能是雙贏的結果，在這種情況下，絕對不容許任何客氣，抓住了對方一點點把柄都不能放過，更何況這次城邑集團犯了這麼大的錯誤呢？

因此孫守義就覺得有些事情還是不要跟金達說比較好，尤其是金達做事太過小心，過於遵守原則，姜非採取的某些手段，金達絕不會同意的。另一方面，金達作爲市長，很多事情也確實不適合表態。因此與其讓金達阻撓，還不如等事情都辦完了再跟金達說，那個時候，金達便只能接受既成事實了。

舊城改造項目經過常委會討論之後，就開始招標了，項目領導小組向全國發佈了招標公告，發放標書，歡迎有實力的公司參加這個項目的競標。

孫守義看還有一段時間才能正式開標，加上現在主控權都在張琳手裏，他留在海川也沒什麼用，便找到金達，說要回北京一趟，好幫市政府號召一些專家學者、部委領導就海洋科技園進行專題研討。

金達早就想催孫守義回北京，去爲海洋科技園找些專家學者召開研討會什麼的，於是高興地說：「老孫，我這兩天正準備找你呢，省委省政府十分重視海洋科技園，我們確實需要更多全國性的專家學者給我們海川獻計獻策，好把海洋科技園搞得更好。既然你準備回北京，那就儘快成行吧。到北京後，該花錢的地方一定要花，儘量爭取到最好的專家學者，讓他們到我們海川實地看一看，幫我們助助陣。」

孫守義心想：爲了在這方面出政績，你還真是不惜成本啊。他笑笑說：「金市長，你放心，我回北京之後，一定把這件事情給辦好。」

金達說：「行啊。再是記得去問問傅華，海川重機重組的事，利得集團究竟是怎麼打算的，這個問題需要趕緊解決了，我們不能老是拿錢往裏貼啊。」

現在的海川重機對市政府來說，就像是一個暫時潛伏的火山，如果不儘快排除隱患的話，火山爆發起來，一定會令市政府焦頭爛額的。

孫守義點點頭，說：「我知道了，我會跟傅華談這件事情的。」

於是孫守義就飛回北京，傅華去首都機場接了他。

在車上，孫守義注意到傅華雖然面帶笑容，可是笑容有些勉強，便問道：「傅華，最近工作上有什麼困難嗎？」

傅華說：「沒有，都挺好的。」

孫守義問說：「你的臉色可不太好啊，是不是最近太累啊？」

傅華知道他臉色很差是爲什麼，倒不是因爲身體的原因，而是趙婷和John的事鬧得他有點疲於應付了。

John一直不肯跟趙婷分手，趙婷就不時找到傅華家裏，追著John要他給個明確的態度。John也實在是沒用，每次趙婷來，他就哭哭啼啼，搞到最後趙婷不勝其煩，就一再去駐京辦找傅華，讓傅華幫他出主意。

傅華也拿John沒辦法，他給不了趙婷解決問題的辦法，還要擔心鄭莉會因爲趙婷一再來找他不高興，因此每次趙婷找上駐京辦來，他就通知鄭莉過來一起陪著趙婷。

一次兩次，趙婷還沒察覺到什麼，等次數多了，她才發現傅華這麼做是爲了避嫌，就很惱火傅華，說她跟John鬧得這個樣子，傅華不趕緊救她於水火之中，卻一味擔心鄭莉吃醋，真是不夠意思。

如此下來，傅華弄得是裏外不是人，但是卻無法從這件事中解脫出來，趙婷雖然生氣，可是沒有別的人可找，只能來找傅華，就常給傅華臉色看。回家去又有一個只會哭哭啼啼的John在，讓傅華真是煩透了。

孫守義問起來，傅華不好跟他說這些家務事，只好含糊地說：「是最近家裏出了點煩心的事。」

孫守義奇怪地說：「你跟鄭莉不是過得挺好的嗎？」

傅華搖搖頭說：「不是跟鄭莉，是我前妻最近有點事情。」

孫守義笑了笑，說：「哎，沾上女人的事都是麻煩事，這我可幫不了你啦。」

海川。城邑集團辦公大樓，束濤辦公室。

孟森對著對面的束濤說：「孫守義這個王八蛋回北京了。」

束濤不以爲意地說：「他回北京了又怎麼樣呢？過不多長時間，他還是要回來的。」

孟森說：「這不一樣，你不是說新公安局長到任的這段時間，要我謹慎一點嗎？他在海川，我就不敢放鬆，神經始終是緊繃的。其實束董，我看新來的公安局長到海川之後，也很老實嘛，並沒有做什麼讓我們不安的動作啊，你是不是小心過頭了？」

束濤謹慎地說：「還是小心一點爲妙。新來的這個局長我們並不熟悉，聽省廳的人說，這個人絕非善與之輩，他現在沒什麼動作，不代表他接下來也會沒有動作的，小心他打你個措手不及。」

孟森十分自豪地說：「束董，不是我跟你吹牛，在海川這個地面上，想要搞我孟森一個措手不及，還真不是那麼容易的一件事。姜非就算厲害，也就一個人，在省裏他能耐，是因爲省裏有人幫他，到了海川，可就不是那麼一回事了。這裏是我們的地頭，幫我們的人可比幫他的人要多。他到這兒之後老老實實的是他聰明，不然的話，我一定弄他個灰頭土臉的。」

束濤看了一眼孟森，心說：這傢伙夠囂張的，竟然還想跟公安局長鬥個高低，也就是這幾年他賺了點小錢把他的腰桿給撐了起來，要換在前幾年，他還是個小混混的時候，別說是公安局長，就是一個普通的民警，他見了也像貓看見老鼠一樣的膽怯。

這傢伙這樣子囂張下去可不行，遲早自己會被他牽累到的，束濤便警告孟森，說：「孟董啊，我們現在是在做生意，有句話呢，叫做民不與官鬥，這些年我看到不少知名的商界大老，都是因爲跟政府發生衝突而身敗名裂的，所以我們做事還是低調些比較好。公安局我們儘量少招惹，真要惹到了他們，恐怕沒我們的好果子吃的。」

孟森輕視地說：「束董，你真是太小心了，我們是地頭蛇，現在省裏又有孟副省長幫我們，市委書記也跟我們是同一陣線的，我們現有的實力要擺佈孫守義和姜非這些傢伙是綽綽有餘，你還怕什麼啊？」

束濤心想：事情哪像你想的那麼簡單，不說別的，省裏這次安排姜非來接任公安局長，根本就是打亂了張琳原先的安排，張琳和自己事先做了很多運作，還是沒能得到想要的結果。這並不是一個好預兆。

這些顧慮束濤不想跟孟森說，他對孟森也並不信任，現在他是需要用到孟森，不然他是絕不會跟孟森這種人爲伍的。他束濤什麼人啊，是一步步打拼才有今天的身價的，怎麼能跟一個流氓相提並論呢？尤其是看到孟森這種張狂勁，心裏更是十分的厭惡。

束濤有點不高興地說：「孟董，要我說多少遍你才會明白呢？我們現在是在做正經生意，不是要跟人鬥法，我們想要的是賺錢，不是打倒什麼人。你不要覺得張書記和孟副省長幫我們就天下太平了，舊城改造項目如果被我們拿到手的話，我們很多地方是要受制於市政府的，他們只要難爲我們一下，就夠我們喝一壺的。你總不能什麼事都要張書記和孟副省長幫我們出面吧？」

孟森並沒有被嚇住，笑笑說：「束董，現在不是我要跟人家鬥法，而是人家找上門來跟我們鬥法。你也看到了，孫守義接二連三的搞小動作，先是追繳欠的稅款，後又是財稅大清查，招招都是衝著你的城邑集團去的，連我的興孟集團也跟著你遭殃，在這次的財稅清查中，被罰了一大筆錢。」

束濤反駁說：「你那也算一大筆錢啊，我們城邑集團補交了幾千萬稅款，還罰了錢，你們那點小錢跟我們比，根本就算不上什麼的。」

孟森說：「我們興孟集團當然沒你們城邑集團財大氣粗啦，那些錢在束董看起來不算什麼，可在我的眼中已經是很大一筆數目了。」

孟森說著，臉上露出一絲陰狠的表情，他對這次孫守義罰興孟集團的款，心中是很介意的，雖然這點錢他還拿得起的，但是這個味不對了，海川開始有人不給他孟森面子，那以後他這個跺跺腳就有人害怕的人在海川還怎麼混啊？

束濤看到孟森的表情，知道孟森對孫守義恨之入骨，他又何嘗不是這樣呢。孫守義接二連三的針對他，讓他損失了很大一筆錢，這些錢可是他費盡心機才搞到手的，就這樣被孫守義憑空給拿走了，就像剜了他一塊肉一樣疼。

束濤看對孟森說：「先別說這個了，我讓你想辦法盯著孫守義，看看他私下有沒有做什麼見不得人的事，你也盯了一段時間了，可發現什麼蛛絲馬跡沒有啊？」

從城邑集團因爲財稅清查被處罰之後，束濤就明白他跟孫守義已是非要鬥個你死我活不可的局面了。他不想老是受制於孫守義，一定要想辦法反制才行，於是讓孟森盯緊孫守義，看看孫守義私下有什麼不軌的行爲。

他就不相信孫守義會那麼清白，尤其是一個男人單身在海川，老婆不在身邊，他就能熬得住不去找女人？

孟森皺了皺眉頭，說：「我已經讓人跟他一段時間了，除了工作之外，他私下很少跟人接觸，尤其是不跟女人接觸，我還真沒找到他的什麼把柄。」

束濤懷疑地說：「難道這傢伙真的沒什麼不軌行爲？不可能啊，現在的官員還有這麼老實的？」

孟森說：「很難說啊，那個金達的老婆也不在身邊，他還不是老實得很，這些年你什麼時候聽說金達有什麼花花事了？」

束濤搖搖頭說：「那不同，金達人本就古板，但我看得出來，孫守義跟金達絕非是同一類人。從孫守義做事的方式就可以看出來，他不是那麼古板的人，很懂得變通，這樣的人心思很活的，絕不像金達一樣能守得住自己。再說，金達的家在省城，又不遠，孫守義的老婆遠在京城，他能動不動就跑回北京去嗎？」

孟森想了想說：「這就很難說了，孫守義來海川的時間不算長，可是回北京的次數可不少。」

束濤愣了一下，說：「對啊，孫守義不時就會回一趟北京，每一次也都不是非要回去不可，難道他的老婆就這麼有吸引力嗎？據說他的老婆是個醜到不行的女人，孫守義沒有理由這麼迷戀她的，難道……」

「難道說孫守義的情人是在北京？」孟森接了束濤的話說道。

束濤猜測說：「很有可能啊，孫守義是個大帥哥，找了那麼醜的一個老婆，肯定是因爲他老婆家的權勢，這種狀況下，他也許早就在北京找了情人了。」

孟森點點頭，認同束濤的說法，道：「束董，你這個想法很有道理啊，叫你這麼一說，我也覺得孫守義的情人很可能是在北京。」

束濤接著說道：「如果真是這樣，那這次孫守義回北京，很可能也會跟他的情人幽會的。如果想要抓他的把柄的話，就要去北京了。」

孟森說：「對啊，看來我得派人去北京才行了。」

東濤又說：「在北京，孫守義也不會像在海川這麼緊張，他一定以為在北京沒有人會注意他，行動就不會像在海川這麼謹慎。這對我們來說，未嘗不是一個機會。」

孟森說：「那我馬上讓盯著孫守義的那個人趕去北京，一定要盯緊了孫守義。」

東濤聽了說：「一個人不行，要多派幾個人過去，孫守義在北京的這段時間，你要給我二十四小時的盯緊了他，不要放過任何一個可疑的地方。」

孟森說：「行，我馬上就回去安排人手。」

東濤點了點頭，說：「這是目前最重要的事情，你趕緊去安排吧。」

第五章

藕斷絲連

傅華心裏頓了一下，孫守義不讓他送，顯然是不想讓他知道要見的是什麼人，
傅華以為孫守義和林珊珊已經不再聯繫，沒想到還是藕斷絲連。
這個人還真是不老實啊，一面哄著沈佳，另一邊卻還在跟林珊珊玩地下情。

北京。

孫守義回家之後，當晚就帶著沈佳去拜訪了趙老。

趙老看到孫守義，高興地說：「小孫回來了？」

孫守義說：「是啊，這次金達讓我來北京幫他找專家開研討會，好吹噓一下他的海洋科技園。」

趙老說：「哦，這對你來說可是好事啊，金達把他目前最重要的政績項目交到你手裏，讓你幫他造勢，說明他很信任你。」

孫守義搖搖頭說：「信任什麼啊，我感覺金達是在我和張琳之間搖擺不定，就拿這次在舊城改造項目上跳出來與我爲難的城邑集團，金達就一直下不了決心收拾他們，老是對他們手下留情，我真不知道該怎麼說他。」

趙老叮囑孫守義，說：「小孫，你可別在這時候掉鏈子啊，金達是你的盟友，你只能跟他聯合，千萬不能跟他對抗啊。」

孫守義嘆說：「老爺子，現在主動權不在我手裏，要做什麼或不做什麼，都是金達在決定的。」

趙老吩咐說：「那你就好好聽他的就行了，別在枝節的問題上跟他衝突。你要表現出對他大力的支持才行。這次金達讓你回北京幫他搞研討會的事情，你一定要盡心盡力的幫他；不但要幫他，還要幫他辦好這件事。」

孫守義看了看趙老，說：「老爺子，您這麼說，是不是有什麼原因啊？」

趙老點點頭，說：「跟你這麼說吧，有可靠消息說，東海省領導現在對張琳越來越不滿意了，而金達目前聲勢正旺，很可能是接替張琳的最佳人選。海洋科技園這個項目是個很時髦的東西，從中央到地方，都在大談什麼藍色經濟，金達拿這個來做文章，說明他很有頭腦，如果我沒猜錯的話，東海省會把金達做的這個海洋科技園作為東海省的戰略規劃。做好了，他就會借這個東風更上層樓的。對你來講，讓金達接任市委書記是最有利的，這樣他就騰出了位置，你就有機會接任市長了；反過來，如果是別人接了海川市的市委書記，金達就動不了了，金達動不了，你也就動不了了。」

孫守義知道以趙老的人脈關係，他說的情況很可能會成為現實。那就是說，東海省領導對讓金達接替張琳已經有了共識，下一步就是什麼時候實施這個共識了。所以孫守義只有一條路可以選擇，就是儘量的討好金達。

這時孫守義有些慶幸自己沒有跟金達衝突起來，讓他還可以借這次進京幫金達辦事的機會跟金達修好。

孫守義便笑笑說：「那我這次還真要辦得漂亮點了。」

趙老點點頭說：「如果需要的話，有些專家我可以找人幫你請，反正一定要把這次的事情辦好了。現在金達是重要的，其他的事你都暫且往後面放一放吧。」

孫守義說：「我明白。」

趙老的話讓孫守義轉變了態度，原本他心裏並沒有太拿這件事當回事，現在照趙老說的，事情的性質就變了，孫守義不得不盡心盡力把這件事情辦好。

幸好農業部跟很多海洋水產專業的專家都有聯繫，孫守義要辦這件事並不困難。接連幾天跑下來，他已經邀請了好幾位十分有名氣的專家到海川實地考察調研，趙老更是通過關係，幫他聯繫到了行內最具盛名的張教授，孫守義親自登門拜訪，張教授很給趙老面子，答應孫守義一定會去海川看一看。

有了張教授的參與，孫守義已經可以跟金達交差了，他這次來北京的任務也算是完成了大半。

這幾天，傅華也一直陪在孫守義身邊，跟著孫守義到處拜訪專家學者。

從張教授那裏出來的時候，孫守義神情輕鬆地說：「行了，這下我的任務總算完成了，對了，金市長讓我問你一下，海川重機那邊究竟是怎麼回事啊？利得集團想要把這件事拖延到什麼時候啊？」

傅華見孫守義問起這件事來，心裏有些不好意思起來，原本他前幾天就要去頂峰證券問問情況的，可是因爲趙婷和John的事，這件事就被放了下來。

傅華解釋說：「是這樣子的，利得集團本來想把股價炒高，然後找機會脫手，可是在炒作的過程中遇到了高人狙擊，一直無法實現炒作的目標，因而他們就暫停出售，想先把狙擊他們的人逼走再說。」

孫守義聽了說：「他們停下來沒事，可我們市政府就吃盡苦頭了，海川重機那麼多工人還等著吃飯呢，他們不能老是指望市政府給他們維持吧？這樣拖下去是不行的，你也知道這段時間市裏接連搞了一些活動，什麼欠款清繳、財稅清查的，都是爲了海川重機籌錢的。這些活動搞一兩次可以，搞多了會被人罵擾民的。你知不知道頂峰證券和利得集團最近有沒有什麼新的動向啊？」

傅華不好意思地回說：「最近家裡事情多了一點，我就沒去了解後續，有沒有進展我不好說。」

孫守義看了看傅華，說：「傅華，你家裏究竟出了什麼事啊？」

傅華剛要回答，孫守義的手機響了起來，是中天集團林董打來的，孫守義說道：「看來林董知道我回北京了，想避開他也避不了啦。」

孫守義因爲舊城改造項目的主導權被張琳拿走了，對中天集團得標的事也無能爲力，因此他回來有幾天了，一直沒跟中天集團聯繫。雖然孫守義不太願意跟林董見面，這個電話卻不好不接，他按下了接聽鍵，說：「林董啊，最近還好嗎？」

林董笑笑說：「還可以。孫副市長，你很不夠意思啊，回北京也不跟我說，是怕我林某人出不起給你接風的酒錢嗎？」

孫守義笑了，說：「林董真會開玩笑，中天集團實力雄厚，怎麼會出不起給我接風的錢呢，實在是我這次回來是肩負著領導交托的使命的，需要全力投入在那上面，就沒好意思跟林董打招呼。」

林董笑笑說：「再忙也不會忙到連吃頓飯的時間都沒有吧？孫副市長是不是在刻意躲我啊？」

孫守義被說中了心思，有些不太好意思，便說：「哪裡，我是想等忙完了再去專程拜訪林董的。」

林董說：「哦，是這樣子啊，那孫副市長什麼時間能忙完呢？」

孫守義看逃避不了了，便說：「我剛剛忙完，正跟我們駐京辦的傅主任說，要找時間過去中天集團拜訪林董呢，就接到了您的電話了。」

林董哈哈大笑起來，說：「這麼巧啊，看來我跟孫副市長真是心有靈犀啊。也不要再找什麼時間了，您既然忙完了，就直接到我這裏來吧。」

孫守義說：「我也是這麼想的，我馬上就過去。」

掛了電話後，孫守義便對傅華說：「海川重機的事回頭再說吧，我們先去中天集團見林董吧。」

傅華一直跟丁益有聯繫，知道孫守義想要幫中天集團爭取舊城改造項目，機會已經不大了，此去大概只能跟林董說抱歉了。

果然，到了中天集團，孫守義見到林董的第一句話就是：「林董啊，估計天和房產的丁董已經把海川的情形都跟您說過了吧？」

林董點點頭，說：「丁董是跟我說了。」

孫守義說：「那您就該知道，在這個項目上我能做的已經不多了。對不起啦林董，我恐怕幫不上您的忙了。」

林董笑說：「孫副市長，您可別這麼說，現在戰局才剛剛拉開，鹿死誰手還很難說啊，現在就打退堂鼓，是不是早了一點啊？」

孫守義卻是打定主意要抽身了，他接下來的動作是以金達爲主，要跟張琳和束濤這些人鬥，怕是會花太大的精力，而且贏面還不大，再繼續糾纏下去就不明智了，便搖搖頭說：「林董，現在主導權在人家手裏，規則由人家掌控，局勢已經很明朗了，我真的不知道還能幫您做些什麼，對不起啊，是我把您拖進這個亂局裏來的，最後我卻什麼都幫不上你，真是很抱歉。」

林董看了看孫守義，原本孫守義還鼓勵他和天和房產不要輕言放棄，現在卻是這樣一個態度，看來他是受到了很大的政治壓力，才會不得不選擇退縮。

林董心裏嘆了口氣，雖然他迫切的想把這個項目爭取下來，如果孫守義肯幫他的話，他們也不是一點機會都沒有的，最起碼可以讓對手不要贏得那麼容易。但是他並不想強人所難，他很清楚官大一級壓死人，對手那邊依靠的是市委書記，是掌控海川局勢的一把手，孫守義這個副市長並沒有多少實力來支撐他。孫守義能幫中天集團到現在這種程度，已經是很難得的了。

林董掩飾住心中的失望，強笑了笑說：「孫副市長，別說什麼對不起的話了，我知道這個結果您也不想要的。」

孫守義忍不住問林董：「那您是準備放棄這個項目了？」

林董搖了搖頭，說：「我的字典裏沒有放棄這兩個字，我們和天和房產還是會全力爭取的，只是不會再去麻煩您就是了。」

孫守義心裏十分尷尬，他很知道事情並沒有到完全絕望的地步，他選擇退出，只是因爲自己另外打了小算盤。不過這是明智之舉，他知道什麼對他才是最重要的，他不想因小失大。

孫守義見再留下來就沒意思了，便說：「那我就祝你們成功了，林董啊，我還有事，就先告辭了。」

林董趕忙挽留說：「怎麼這麼急著走呢？孫副市長不會真的以爲我連一頓接風宴都擺不起吧？」

孫守義尷尬的笑笑說：「改天吧，我一會兒真的有事。」

林董其實也只是客氣話而已，孫守義現在退縮了，他們爭取這個項目的把握就更不大了，此刻他哪裏還有心情陪孫守義吃飯。便說：「既然孫副市長真的有事，我就不留你了，改天再約吧。」

孫守義和傅華就告辭。林董將他們送出了辦公室。

上了車之後，孫守義苦笑著說：「幸好林董沒有堅持要留我們，不然，我真的不知道要怎麼跟他吃這頓飯呢。」

傅華說：「是啊，這件事鬧成現在這個樣子，我也覺得很對不起林董。」

孫守義嘆了口氣說：「這也是沒辦法的事，我們都是聽人吆喝的小兵，領導要怎麼做就只能怎麼做了。算啦，林董這裏我們算是交代過去了，現在我們去哪裡吃飯啊？這樣吧，你叫上鄭莉，我叫上沈佳，我們找個地方吃飯吧。」

孫守義正說著，他的手機滴滴的響了起來，來訊息了，便開玩笑說：「今天不知道是什麼日子，怎麼這麼多人找我啊？」

孫守義打開訊息，一看號碼，臉色沉了下來，這個號碼他再熟悉不過了，竟是林珊珊的號碼。

孫守義有心不看這個訊息，卻又有些猶豫，雖然他切斷了跟林珊珊的聯繫，但是這並不代表他就完全忘記了林珊珊，在孤枕難眠的夜晚，林珊珊帶給他的種種甜蜜，常不時的浮現在他腦海，讓他在回味中暗自思念著林珊珊。只是孫守義沒有膽量再跟林珊珊恢復聯繫，沈佳對他仁至義盡，他不能再對不起她。

兩人既然斷了聯繫，林珊珊此刻發來訊息就很耐人尋味了，孫守義很想知道林珊珊說了些什麼。他有些做賊心虛的抬起頭看了一眼傅華，發現傅華並沒有注意他，就趕緊打開訊息。

內容很簡單，林珊珊說：「我們見一面吧，我有事情要跟你說，不過你放心，我不是想糾纏你。」

孫守義有點左右爲難，見吧，他擔心自己跟林珊珊舊情復燃；不見吧，他又覺得似乎太無情了。他拿著手機猶豫不決，不知道自己該怎麼回覆，還是乾脆置之不理。

這時，手機再次響了起來，還是林珊珊的號碼，他再次打開來，林珊珊說：「怎麼不回我的訊息，你不會準備這輩子都不見我了吧？」

孫守義心痛了一下，林珊珊跟他在一起，始終都沒有給他什麼負擔過，甚至到最後孫守義提出分手，林珊珊也沒有糾纏著他不放，他虧欠了她很多，現在她不過是想跟他見一面，還說了不是想糾纏他，他再不答應，似乎說不過去。

孫守義決定去跟林珊珊見面，他回覆說：「我們在哪裡見面？」

林珊珊回說：「你去過三摩地素食嗎，就去那裏吧。」

「三摩地」素食是一間很有情調的素食餐廳，別的素食餐廳主流菜肴都是仿葷，除了材料不是肉類，名字口味形狀卻都跟葷菜一模一樣，常會給人一種矛盾的錯亂感。「三摩地」則不同，它的菜色就是素菜，不去做仿葷的口感，而且花樣百出，讓人賞心悅目。孫守義吃過一次，十分的驚豔，他記得這家餐廳就在朝陽區，去那裏很方便，就給林珊珊回說就去「三摩地」。

孫守義看傅華仍然沒有注意他，就說：「傅華，不好意思啊，一個以前的同事知道我回北京，想跟我一起吃頓飯聊聊天，我們的約會就改天吧。」

傅華笑笑說：「沒事，您就忙您的去吧，您要去哪裡？我送您。」

孫守義自然不能讓傅華送他過去，看看離「三摩地」不遠，就說：「我去的地方不好停車，反正也不遠，你在路邊把我放下來就好了。」

傅華心裏頓了一下，孫守義不讓他送，顯然是不想讓他知道要見的是什麼人，聯想到孫守義突然改變主意，心中猜測孫守義可能要去見的人是林珊珊。

傅華以爲孫守義和林珊珊已經不再聯繫，沒想到還是藕斷絲連。這個人還真是不老實啊，一面哄著沈佳，另一邊卻還在跟林珊珊玩地下情。

不過這些也輪不到傅華來管，他沒有說什麼，看了一下倒視鏡，把車靠到了路邊。

車子停穩後，孫守義下了車，招手讓傅華先離開，傅華一踩油門離開了。孫守義在後面看著傅華的車子開得不見蹤影了，這才招手攔了輛計程車，往目的地而去。

到了餐廳，孫守義看了看四周，並沒有看到林珊珊，就發了個訊息過去：「我到了，你呢？」

林珊珊很快就回道：「我在裏面的榻榻米，你進來吧。」

榻榻米是三摩地最小的一間包房，孫守義就過去了。

進房之後，林珊珊看到他，也沒站起來，只是輕輕的說：「坐吧。」孫守義不敢去看林珊珊的眼神，默默的坐到了林珊珊的對面。

孫守義坐下來後，林珊珊問道：「守義，這段時間你過得還好嗎？」

孫守義低著頭說：「也沒什麼好不好的，你也知道我平常過的是什麼樣的生活，也就那樣子吧。」

林珊珊有些悵然地說：「你倒是很容易恢復到原來的狀態中去啊。」

孫守義語帶無奈地說：「我們這些官員的生活其實都是一個套路，你在我身邊，我還能呼吸到一些新鮮的氣息；你不在，我就繼續過沉悶的生活啦。誒，珊珊，你找到底有我什麼事情啊？」

林珊珊埋怨說：「你這個人可真是夠狠心的，以前我們在一起時那麼快樂，現在你見了我，竟然不願意抬頭看我一眼，難道我就讓你這麼厭惡嗎？」

孫守義被說得不好意思，便抬起頭看了林珊珊一眼。一段時間沒見，他發現林珊珊穩重了很多，臉上沒有以往輕鬆俏皮的神情，也比跟他在一起的時候消瘦了很多，顯然林珊珊跟他分手之後，過得並不快樂。

孫守義忍不住說：「珊珊，你成熟了很多。」

林珊珊感慨地說：「守義，我想了很多次我們見面時你見到我的第一句話會說什麼，怎麼也想不到你會說這句我成熟了很多。是啊，我是成熟了很多，因爲我發現很多事並不像我想的那樣，就像我以爲我能把你放下，結果很難；反倒是你，說跟我分手，就再也不跟我聯絡了。難道我們在一起的那段時光，對你來說，真的一點意義都沒有嗎？」

孫守義看了一眼林珊珊，正好碰到林珊珊的眼神，趕忙低下頭，說：「珊珊，我們不說這個好不好?你還是告訴我，你找我究竟有什麼事吧。」

林珊珊哀怨地說：「你連回答都不肯回答我嗎？」

孫守義說：「如果你找我來，就是想問我這個問題，那我可以回答你，那段日子對我來說是刻骨銘心的，我不會忘記；但是我更知道，我們無法回到過去了。現在我已經回答你了，我要走了。」

孫守義說完就站起來想要離開，林珊珊卻拉住了他的手腕，說：「你別急，我跟你說過了，我叫你來不是要繼續糾纏下去，而是有事情要跟你說。」

孫守義懷疑林珊珊是找藉口把他留下來，便問道：「究竟什麼事啊？你趕緊說吧。」

林珊珊說：「一兩句話說不完的，你先坐下來。誒，你不會對我連這點耐心都沒有吧？以前你可不是這個樣子的。」

孫守義聽了，只好坐了下來。

林珊珊說：「這裏的素菜真的很不錯，點點什麼來吃吧？」

孫守義看看林珊珊，林珊珊眼中滿是哀求，這在以前刁蠻任性的林珊珊身上是很難看到的，就不好再對她態度那麼僵硬了，便說道：

「這裏我來吃過一次，金湯碧綠豆腐很有特色，算是這家的招牌菜，來一個吧；再是涼菜三部曲也很不錯，其他的你點吧。」

林珊珊就又點了幾個菜，讓服務生去下單了。

孫守義看服務生離開了，就問：「珊珊，你到底找我幹什麼啊？」

林珊珊說：「你就這麼急著離開我嗎，就不能等上菜了我們邊吃邊談？」

孫守義搖了搖頭，心說算了，反正已經來了，就聽她的，讓她高興一點吧。於是就笑笑說：「好，就聽你的吧。」

菜陸續送了上來，美食當前，兩人便專心對付美食了。

吃了一會之後，他放下筷子，對林珊珊說：「現在可以告訴我，找我什麼事了嗎？」

林珊珊說：「是這樣子的，我想問你一下，我們中天集團在爭取舊城改造項目上，真的一點戲都沒有了嗎？」

孫守義沒想到林珊珊會問這件事，林珊珊向來並不關心中天集團的事務，怎麼會突然問起這件事來了呢？難道是林董讓她問的？

如果真是這樣，事情就有點不妙了，自己剛剛拒絕了林董，林董還要林珊珊來問他這件事，難道是……

他心慌了一下，緊張地說：「珊珊，林董知道我們私下來往的事情了？是不是你告訴他了？」

林珊珊沒好氣的瞅了孫守義一眼，說：「當然沒有啦，這又不是什麼光彩的事，我去告訴我爸爸幹什麼？難道我想找罵啊？」

孫守義說：「那我剛才跟林董講了我幫不上他，他怎麼還讓你來問我這件事啊？」

林珊珊納悶說：「誰說是我爸讓我來問的？」

孫守義說：「不是他嗎？」

林珊珊說：「當然不是啦，是我自己想問你的。」

孫守義愣了一下，說：「你不是向來不管這些事的嗎？問這幹什麼啊？」

林珊珊說：「你先告訴我，我們中天集團究竟還有沒有機會？」

孫守義說：「現在什麼都還沒成定局，中天集團和天和房產努力爭取的話，也不能說一點機會都沒有的。」

林珊珊語帶懇求地說：「那守義，我求你一件事，你幫我爸爸把這個項目爭取下來好不好？」

孫守義遲疑了一下，說：「這個嘛，珊珊，我……」

林珊珊打斷了孫守義的話，哀求說：「守義，我們認識到現在，我就求過你這麼一件事，難道這你都要拒絕我嗎？」

孫守義苦笑了一下，說：「珊珊，不是我狠心，而是這件事現在的主導權不在我手裏，我沒辦法答應你一定能幫你把項目拿到手的。」

林珊珊質疑說：「那你總不會一點忙都幫不上吧？」

孫守義奇怪地問道：「珊珊，你一向不是不願意插手中天集團的事嗎？怎麼會突然這麼關心起這件事來了？這件事對你就這麼重要嗎？」

林珊珊解釋說：「來這裏之前，我去我爸的辦公室，我爸說你拒絕幫他了，我看他的神情很落寞，忽然覺得很心疼，我這個女兒實在很不孝，一直都是他在關心我照顧我，我卻一點都幫不上他的忙。當初是我爲了想找機會過去看你，才把中天集團拉進這灘渾水中的，現在事情變成這樣，我覺得我也有責任。守義，你就幫幫我爸不行嗎，這件事對我爸和中天真的是很重要啊。」

孫守義說：「這個項目就算不做的話，對林董和中天應該沒太大的影響吧？中天集團項目那麼多，應該不差這個吧？」

林珊珊搖搖頭說：「你不瞭解，中天集團這一年並不好過，尤其是拿了地王之後，好多事都進展得很不順利。現在又處於中天股票上市的關鍵時期，十分需要靠那個舊城改造項目來充實他們的業績。守義啊，你就當幫我一個忙，出手幫幫我爸吧？」

即使是當初孫守義提出分手，林珊珊也沒有像現在這樣那麼可憐的哀求他，他不忍心拒絕，便苦笑了一下，說：「珊珊，你這真的是在爲難我了。我真的沒把握一定能幫你爸拿下這個項目的。」

林珊珊懇求說：「你盡力就好，不成的話我也不會怨你的。」

話都說到這份上，孫守義就不能不答應了，他不能再傷林珊珊的心，如果連這麼低的要求都不答應，他也太無情了。

孫守義答應說：「好，我答應你，會盡全力幫你爸爸爭取舊城改造項目的。」

林珊珊看孫守義終於答應下來，高興的抓住了孫守義的手，說：「守義，我就知道你心裏還是有我的。」

林珊珊細嫩的手握住了孫守義的大手，孫守義身軀顫抖了一下，肌膚的接觸讓他回想起兩人在一起瘋狂的時候，孫守義忍不住反過手握住了林珊珊的手，動情地說：

「珊珊……」

孫守義不禁哽咽起來，突然感覺他這個人很失敗，爲了仕途，他選擇了一個他並不愛的女人，好不容易遇到一個他喜歡的女人，卻不能給她未來，只能回到沒有愛的婚姻當中，繼續空度他的下半生。

這一切都源於自己想要一個輝煌的仕途，可是當孫守義在仕途上取得一點小成績的時候，他卻發現他得到的遠遠不及他付出的代價高。

如果他沒有從林珊珊那裏得到過快樂，也許還不會覺得什麼，可能就甘於平淡的生活了。但他已經嘗到林珊珊給他的快樂，他意識到他付出了一生的幸福快樂，換得的卻是一個食之無味棄之可惜的仕途。

正當孫守義握著林珊珊的手感慨萬千的時候，包房的門突然打開了，一個陌生的男人走了進來。

男人迅速的掃視了一下房間內的情況，才帶著歉意的笑容說：「對不起啊，我走錯門了。」

孫守義愣了一下，趕忙鬆開林珊珊的手，正想要說些什麼，那個男人卻不等他和林珊珊有什麼反應，轉身迅速退出了房間。

林珊珊正沉浸在跟孫守義情意綿綿的氛圍之中，突然被這個闖進來的男人給破壞了，心裏就有些氣惱，不由得埋怨道：「什麼人啊，這麼明顯的地方也能走錯？」

孫守義心裏咯登一下，林珊珊的話提醒了他，他們所在的這個榻榻米間是這間餐廳最小的一個包房，並沒有其他跟這間包房相似或者容易混淆的包房，那這突然闖進來的男人，行徑就很可疑了。

孫守義立馬站了起來，對林珊珊說：「你先坐一下，我出去看看。」

孫守義開門走出包房，四下看了一下，那個男人卻已經沒有了蹤跡。

孫守義回到包房，林珊珊疑惑的問道：「怎麼了，你怎麼突然這麼緊張起來？」

孫守義懷疑地說：「剛才那個男人十分的可疑，你說得對，這個包房根本就不可能走錯的。」

林珊珊問：「你是在懷疑什麼？我們被人盯梢了？」

孫守義說：「很可能啊。」

林珊珊也緊張起來，說：「不會是你老婆派人盯梢的吧？」

孫守義想，如果那個男人真是來盯梢的，在北京除了沈佳，應該沒有別人會這麼關注他的。

林珊珊看孫守義發愣的樣子，知道他也在猜測那個男人是沈佳派來的，看來她約孫守義見面可能給他造成了困擾，便苦笑說：「怎麼會這樣啊？我可沒有要繼續跟你糾纏下去的意思，要不我跟你老婆解釋一下？」

如果真是沈佳派的人，就算解釋也解釋不清楚的，孫守義想想說：「算了，我自己跟她說吧。」

這個突發事件完全打亂了兩人的心緒，也沒心情再品嘗什麼美食了，匆匆的吃了一點之後，孫守義就和林珊珊就各自離開了。

孫守義回到家中，沈佳上班去了，家裏空蕩蕩的。孫守義到客廳的沙發上坐了下來，心裏忍不住一直想著那個男人的事。

孫守義猜想這個時間，那個男人應該已經將情況彙報給沈佳了，那晚上沈佳回來，對他會是怎樣的一個態度呢？是暴跳如雷，還是跟他冷戰呢？

孫守義暗自嘆了口氣，有些後悔去跟林珊珊見面，沈佳好不容易回心轉意，如果知道他跟林珊珊又見面了，還手握著手坐在一起吃飯，一定會認爲他跟林珊珊還有曖昧，肯定又會有一場大吵的。這可怎麼辦呢？

這個沈佳也是的，怎麼這麼不相信他啊，竟然找人在背後盯梢，這麼搞有意思嗎？夫妻做到這份上，都不相信對方了，這夫妻怎麼做下去啊？

想來想去，孫守義覺得索性跟沈佳實話實說，如果沈佳相信，那兩人夫妻還有得做；假使沈佳不相信，一定要說他跟林珊珊有什麼的話，那他也沒辦法了。

這件事就在孫守義腦子裏轉了一下午，直到沈佳帶著兒子回家。

沈佳開門進屋時，孫守義很注意的看了看沈佳的神情，想要從她臉上看出她是否已經知道他跟林珊珊見面的事。

沈佳的表情很平淡，看了孫守義一眼，說：「你這麼早就回來了？」

孫守義並沒有從沈佳的表情中看出什麼端倪來，心中更不安起來。按理說沈佳不應該表情這麼平靜啊，這是暴風雨來臨前的寧靜，還是沈佳根本就不知道他去見過林珊珊了？

孫守義有點捉摸不透沈佳的心思，不知道該不該跟沈佳實話實說，他暗自猶豫了一下，說：「下午沒什麼工作，所以我就早點回來了。」

沈佳說：「哦，是這樣啊，那我去做飯。」

孫守義看沈佳一切如常，覺得沈佳並不知道他跟林珊珊見面，要不然她不會這麼平靜的。難道是那個人還沒有通知沈佳？這也很有可能啊，也許他想要等到收集更多的資料再跟沈佳說呢？

人到了這個時候，就容易胡亂猜測，孫守義因爲認爲在北京不可能還有別人對他和林珊珊的關係這麼關注，便把所有的可能的猜測都和沈佳聯繫在一起。此刻見沈佳沒有什麼表示，就認爲沈佳是還沒收到相關的情報。

孫守義想他應該主動一點，先跟沈佳說，這樣沈佳知道後，就不會那麼惱火了。

孫守義就去拉住了沈佳的手，說：「你先不要急著去做飯，過來陪我坐一會兒，我有話跟你說。」

沈佳愣了一下，說：「什麼事啊，這麼嚴肅？」

孫守義小心地說：「有件事我要跟你坦白，林珊珊今天來找我了。」

沈佳一聽到林珊珊，臉色就難看了起來，孫守義趕忙說：

「你先別急著生氣，她找我是爲了中天集團爭取舊城改造的事，她想要我幫她父親把項目拿下來，沒有別的意思。」

沈佳盯著孫守義的眼睛，說：「那你怎麼回答她的？」

孫守義說：「這件事我不好推辭，你也知道這個項目是我去說服林董，人家才和海川談判的。現在弄成這個樣子，我也覺得對不起林董。」

沈佳哼了聲說：「你去勾引人家的女兒，就對得起林董了嗎？再說，林董怎麼會讓林珊珊找你談這件事，難道他知道你們的事了嗎？」

沈佳心裏有些擔心，如果林董知道這件事，這就不僅僅是林珊珊跟孫守義之間的私情了，而是牽涉到孫守義的仕途。這樣的話，就不能對林珊珊簡單的一推了之了。

孫守義說：「林珊珊並沒有告訴她父親，我和她私下的關係。」

沈佳譏諷的說：「那她就是想用你們的舊情來打動你了？」

孫守義正色說：「小佳，之前確實是我做錯了，你要怎麼怪我，我都無話可說，但是我今天見林珊珊，絕不是出於舊情，這個我問心無愧。」

沈佳聽出孫守義的不滿，剛想說你跟人偷情還有理了？卻看到孫守義眼中的隱忍和羞愧，她是個聰明的女人，馬上意識到不能太逼丈夫的面子，如果讓丈夫一點尊嚴都沒有了，那等於是把丈夫往外推給林珊珊那個女人。

沈佳便說：「守義，不是我不相信你，你會跟我說這件事，說明你對我很坦誠。我只是想說，林珊珊是不是在用她跟你的舊情來逼你幫她父親這個忙啊？」

孫守義說：「她並沒有用這個來威脅我，她只說這個項目當初是因爲我，林董才去海川的，我應該對此有點義務，所以才求我幫這個忙的。我答應她會盡力的，也沒跟她保證什麼。」

沈佳能猜到丈夫心中想的是什麼，孫守義並不是一個無情無義的人，爲了這個家庭，他選擇回到她的身邊，心中對林珊珊肯定是有一份歉疚的，如果這份歉疚一直不能彌補的話，孫守義就無法徹底放下林珊珊。

另一方面，林珊珊並沒有糾纏著孫守義不放，算是很知進退；她很清楚，如果年輕貌美的林珊珊真要跟她爭孫守義的話，她未必是林珊珊的對手，因而她對林珊珊其實也沒有那麼憎恨。

沈佳就有心想幫林珊珊拿下舊城改造項目了，便說：「那你有把握幫她拿下來嗎？」

孫守義搖搖頭，說：「現在這個項目的主導權在市委書記張琳的手裏，而且他傾向把項目給一個叫束濤的城邑集團，我答應林珊珊，其實也只是盡人事而已，希望很小。」

沈佳點了點頭說：「好了，既然你沒什麼把握，這件事你就不要再管了。」

孫守義沒想到他跟沈佳解釋了這麼多，沈佳心中的醋意還是沒消除，現在又要他不要管了，等於不讓他幫林珊珊這個忙，這可讓他怎麼去跟林珊珊交代啊？

孫守義很想再跟沈佳爭取一下，可是無論找什麼理由，他似乎都沒有立場，便嘆了口氣，不再說什麼了。

沈佳知道孫守義心中爲難，便說：「你別這個樣子，我說不讓你管，不代表就不讓你幫林珊珊，這件事交給我來處理吧。」

這下子換成孫守義驚訝了，他看著沈佳，說：「小佳，你不是在逗我玩的吧？」

沈佳冷哼了一聲，說：「我什麼時候逗你玩過啊？」

孫守義不禁問說：「那你怎麼怎麼管啊，這件事連我都沒把握的。」

沈佳冷笑了一下，說：「不就是一個市委書記嗎？如果連他也玩不轉，我們家這些年豈不是白混了？」

孫守義說：「你不是想要去找趙老吧？」

孫守義不太願意把這件事拿到趙老面前，他擔心如果趙老知道他是幫跟他偷情的女人辦事，會對他不滿的。

沈佳搖搖頭說：「不能事事都去麻煩趙老，我爸爸在東海也有不少的舊日同袍，別的事情可能不好說，要幫人爭取一個項目，還是有這個能力的。」

看樣子沈佳是真的打算出手幫林珊珊了，孫守義又感激又尷尬，看了看沈佳，說：「小佳，你對我真是太好了。」

沈佳忍不住回說：「連你的地下情人我都幫忙了，還能不好嗎？」

孫守義臉騰地一下子紅了，恨不得找個地縫鑽進去。

沈佳看到他那副窘迫的樣子，心中有些不忍，心說既然已經打算要幫林珊珊了，又何必對孫守義冷嘲熱諷呢？就笑笑說：「好啦，我也是一時嘴快，話說得有些過頭了。」

孫守義說：「小佳，你也沒說錯，你能出手幫這個忙，真是太大人大量了。」

沈佳又說：「我也是爲自己好，這件事你不幫林珊珊的話，總會感覺欠她點什麼，我幫你，也是希望你們來個徹底的了斷。」

孫守義聽了，立刻表態說：「小佳，你放心，這件事情完成後，我跟林珊珊絕對不會再有什麼來往了。」

沈佳說：「你還想等事情完了之後啊？那可不行，既然這件事你已經要交給我去辦了，你再跟林珊珊見面就沒有什麼必要了，從今天開始，除非是我同意，不准你再去見她，所有的事情都交給我來處理。」

孫守義有點尷尬地看了沈佳一眼，說：「你準備去見林珊珊啊？」

沈佳說：「怎麼，怕我吃了你的小情人啊？」

孫守義乾笑了一下，說：「我知道你不會的，好吧，既然你願意去見她，那我就不再攙和這件事啦。」

沈佳說：「那我們就說定了，好了，我要去做飯了，兒子該餓了。」

孫守義卻還有一件事情沒弄明白，便說：「你先別急嘛，我還有事想要問你。」

沈佳有點不耐煩了，說：「林珊珊的事我已經答應你了，你還有什麼事要問我？」

孫守義看沈佳的神情十分自然，不像是有什麼事情瞞著他的樣子，似乎今天出現在包房的男人，真的不是沈佳派來的。

孫守義話到嘴邊便轉了彎，說：「是這樣，我想我們一起請傅華兩口子吃頓飯，你什麼時間方便啊？」

孫守義之所以不再問沈佳那個男人的事，是因爲如果問了，就意味著他前面跟沈佳做的這番坦白，出發點很令人懷疑；等於是告訴沈佳，他是因爲瞞不住了，才會選擇坦白的。這樣子，事情的性質就變了。

孫守義意識到這一點，覺得還是裝什麼都不知道的比較好。

沈佳笑說：「我當是什麼事呢，原來是請他們夫妻吃飯啊。我跟他們都很熟，只要你到時候通知我一聲就可以啦。話說我也有段時間沒跟他們一起吃飯了，也想看看他們現在過得怎麼樣。」

孫守義笑笑說：「他們似乎過得並不好，傅華一副心事重重的樣子。」

沈佳詫異地說：「不會吧，他們夫妻挺恩愛的，不太會鬧彆扭吧？」

孫守義說：「傅華跟鄭莉沒事，是牽涉到傅華的前妻趙婷了。」

第六章

最佳賢內助

鄭莉說：「那是你該教訓，這一點我還真是佩服沈姐，她一句話就能抓住要害，這種女人一定是男人事業上的賢內助；孫守義也是的，找了沈姐這樣的好女人還不滿足，還要去勾搭那個林珊珊。」

第二天，傅華接了孫守義，孫守義說要頂峰證券看一看，傅華就帶他去頂峰證券，找到了談紅。

談紅看到傅華就先說：「不要問我什麼，我這邊最近沒什麼動作。」

傅華笑笑說：「是這樣，這位是我們海川市的孫副市長，他來是想瞭解一下海川重機股票目前的狀況。」

談紅跟孫守義握了握手，說：「您好，孫副市長，我叫談紅，這裏的業務經理。」

孫守義寒暄道：「很高興認識你，談經理。」

談紅問：「您想瞭解什麼呢？我知道的，傅主任都知道了。」

孫守義說：「我是想問一下利得集團現在究竟是什麼打算啊，談經理能不能幫我們催他們一下，趕緊想辦法重組，再拖下去的話，我們海川市政府可受不了了，怕到時候也只能讓海川重機破產了。」

談紅笑笑說：「孫副市長，您不要用破產來嚇唬我們，如果破產的話，大家都是一場空不說，你們海川市政府怕是也要受到牽連的。」

孫守義不由得讚賞的看了眼談紅，心說這個女人真是夠厲害的，一來就識破了他是在拿破產嚇唬她，看來這個女人不好對付啊。

孫守義稱讚說：「談經理真是精明，看出我們市政府不忍心讓海川重機破產。不過，真要是逼到那種程度，我們就是不想讓海川重機破產怕也是不能夠的了。我們總不能老是讓海川重機的工人圍著市政府來要工資吧？」

談紅知道這倒不是虛言恫嚇，便笑了笑說：「孫副市長您別急嘛，利得集團出售股份只是暫停而已，很快就會有新的行動，不會讓你們海川市政府等太久的。」

孫守義催促說：「你讓利得集團加快一點進度嘛。」

談紅承諾道：「行，我會催促他們的。」

當著孫守義的面，傅華不好問談紅頂峰證券現在狙擊那個獵莊者到了什麼程度，這涉及到違規的事，只能在私下的場合談論。他只好陪著孫守義又跟談紅閒聊了一陣，然後告辭出來。

孫守義看看時間尚早，就說他要去見個朋友，這一次他讓傅華將他送到了要去的地方，傅華就知道他這回不是要去見林珊珊了。

到了地方後，孫守義又跟傅華說：「晚上帶著鄭莉出來一起吃飯吧，我已經跟沈佳說過了。」

傅華問：「那一會兒不用來接你了？」

孫守義搖了搖頭，說：「我跟朋友吃完飯就會回家休息，你就不用費勁過來接我了，晚上直接去我家接我好了。」

傅華就調頭回到頂峰證券。

再次看到傅華，談紅詫異地說：「咦，傅華，你是想我了嗎，怎麼又回來了？」

傅華開玩笑說：「是想你了，不行啊？」

談紅扁了扁嘴，說：「你也就是鄭莉不在的時候才敢膽子這麼大，你敢在她面前說你想我了嗎？」

傅華笑笑說：「那我可不敢，我是跟你開玩笑的，我回來是想問一下，那個海川重機的獵莊者最近有沒有新的行動啊？」

談紅搖了搖頭，說：「那傢伙沉了下去，也不見他賣股份，最近也沒有大宗的買入股份，不知道他想幹什麼。」

傅華愣了一下，按照他的想法，湯言不會在那裏一動不動的，如果表面上看他沒做什麼舉動，那很可能是在暗地裏籌畫著什麼。

傅華便看看談紅，說：「你確定嗎？」

談紅不解地說：「我確定什麼啊？」

傅華說：「你確定對方最近真的什麼舉動都沒有嗎？」

談紅說：「我確定，我們一直在盯著海川重機這支股票呢，最近確實沒見過這支股票有什麼異動，估計那個獵莊者是想跟我們比耐性，看誰先沉不住氣。」

傳華眉頭皺了起來，說：「不會這麼簡單吧？是不是你們太輕視這個傢伙了？」

談紅看了看傳華，說：「你想說什麼啊？」

傳華分析說：「這個不符合常理啊，我記得你說過，那傢伙的資金不能長時間放在股市裏，肯定會急於出手的，可是最近股票沒什麼異動，難道對方會這麼讓資金在股市沉澱下去？你是做資本運作的，應該知道資金必須流動起來，才能發揮出最大的效應。」

談紅神色也緊張了起來，傳華說的很有道理，對方絕不可能讓資金一直沉澱下去，要麼對方意識到跟頂峰證券是一場持久戰，他認賠出局了；要麼對方有更大的圖謀，把資金繼續深埋下去，等著時機一到，就會從潛伏的狀態中躍起，謀取更大的利益。

海川重機股票最近沒有大的異動，對方認賠出局的可能性幾乎沒有，那剩下來的只有一種可能，就是對方潛伏起來，準備伺機而動。

談紅有點沉不住氣了，對傅華說：「你先坐下，我先看看海川重機的股票。」

談紅在電腦上操作了起來，她接連掛了幾個比較大的買單，卻只成交了零星幾筆，一看就知道這是散戶沉不住氣而掛出的賣單。談紅幾個買單進場之後，幾下子就把海川重機的股價拉了一個多點。

談紅意識到問題麻煩了，這個情形明顯說明對手在這段時間已經把海川重機二級市場上的浮籌收集得差不多了，所以才會她幾個大的買單下去，就馬上把海川重機的股價拉了上來。

談紅問傅華說：「你們海川市政府持有的海川重機股票最近有沒有轉讓啊？」

傅華想了想，搖搖頭說：「我沒聽說過，應該是沒有吧，要不然剛才孫副市長應該會跟我說的。」

談紅困惑的說：「這就不對了啊，你們的股份沒出讓，這邊利得集團掌控的股份也沒有動過，對方暗地裏收取籌碼要幹什麼啊？難道他等不及了，想要幫我們拉高股價，他好出手？不對啊，他應該沒這麼好心的。再說，他應該知道籌碼實際上都掌握在我們手裏，他做什麼，我們都可以反向操作，讓他血本無歸的。」

傅華看了看談紅，猜說：「會不會是利得集團有了什麼變動了？」

談紅搖了搖頭，說：「頂峰證券和利得集團現在是結盟的關係，利得集團如果有什麼變動的話，會通知我們的。你等一下，我再試試看。」

談紅說著，又掛出了幾個比較大的賣單，想看看會不會把股價再打回原位，賣單掛出來後，馬上就成交了，她想打壓股價的企圖並沒有實現。

談紅不敢再掛賣單了，她知道在這個價位再掛賣單，等於是低價送籌碼給對方。

談紅神色凝重了起來，說：「傅華，你先回去吧，這個情況我要跟公司彙報一下，我沒時間陪你了。」

談紅雖然沒有解釋太多，但是傅華從她的神色間可以看出她已經覺得不對勁了，而且問題還很嚴重。便說：「那我先回去，有什麼情況跟我電話聯繫。」

談紅點點頭，把傅華送出辦公室之後，就去總經理的辦公室報告狀況了。

傅華心知一定是湯言搞了鬼，才會讓談紅這麼緊張，他對證券這行只是一知半解，留在這裏也幫不上什麼忙，就離開頂峰證券，回到了駐京辦。

回駐京辦後，傅華的心一直懸著，他期待談紅會打電話來跟他說明一下湯言究竟做了什麼，可是一直等到傍晚，談紅的電話也沒打來。倒是孫守義打電話來提醒他，不要忘了帶鄭莉一起吃飯的事，他才記起晚上答應孫守義一起吃飯的。

傅華便去接了鄭莉，兩人一起去了孫守義家。孫守義和沈佳已經在等著他們了。

孫守義和沈佳上車後，傅華把車開往沈佳指名的一家叫做「泰廚」的餐館。

這家餐館很隱蔽，不知道地方的人還真是不好找，循著狹窄的樓梯上了二樓，眼前豁然開朗。磚牆、深棕木桌、棕紅皮椅、印象派畫，頗有前衛藝術的風格。

幾人坐定後，沈佳問鄭莉：「鄭莉，我怎麼聽守義說，你跟傅華鬧彆扭了？」

鄭莉因為趙婷不時的就去駐京辦找傅華，心中對傅華很有些怨氣，便扁了扁嘴說：

「沈姐，我哪敢啊？」

沈佳笑說：「別騙我啊，聽你話裏的意思就是對傅華一肚子氣，小倆口可不許這樣子啊，有什麼事情攤開了說，別憋在肚子裏，憋在肚子裏久了，可就會生出嫌隙來的。」

傅華尷尬的說：「沈姐，我和小莉沒事的。」

沈佳說：「那鄭莉怎麼看起來一副不高興的樣子啊！鄭莉，跟沈姐說傅華怎麼欺負你了，我幫你說他。」

鄭莉忍不住抱怨說：「他沒欺負我，他是好心的去幫他的前妻跟現在的丈夫分手，結果鬧得他的前妻和現在的丈夫都來找他，他前妻的丈夫還住到了我們家，弄得我們倆現在是焦頭爛額，好人做成這樣，也是他的本事了。」

孫守義愣了一下，隨即開玩笑說：「什麼跟什麼啊，一下前妻，又是前妻的丈夫的，傅華你亂不亂啊？你不亂，我可被你們搞亂了。」

傅華苦笑了笑，說：「我也沒想到事情會是這樣啊？」

鄭莉冷笑一聲，說：「你就想到要怎麼救小婷出苦海了，多麼大義凜然啊，又怎麼會想到還有這麼一大堆麻煩等著你處理呢？」

傅華看了鄭莉一眼，告饒說：「小莉，你就別再指責我了，我已經很後悔了。」

鄭莉冷哼了一聲說：「你後悔什麼啊，我看是樂在其中吧？你心中巴不得小婷常來找你吧？」

傅華見鄭莉糾纏不放，就有點羞怒了，說：「小莉，看你說的都是什麼啊？你也不怕沈姐和孫副市長笑話我們啊？」

鄭莉也覺得自己說的有點過分了，瞪了眼傅華就不說話了。

沈佳在一旁打圓場說：「傅華，不是我說你，這件事你也怪不得小莉不高興，你前妻的事情你是不應該攙和的。」

傅華點點頭說：「沈姐，你說得對，我做這件事是欠考慮了些。」

沈佳又轉過頭對鄭莉說：「小莉，你應該瞭解傅華的啊，他是一個好人，幫那個什麼小婷的也在情理當中，我相信他的爲人絕不會是想要做什麼對不起你的事的。你這個態度，只會傷害你們夫妻的感情的。」

鄭莉不得不佩服沈佳處事的老辣，簡單幾句話，就把她和傅華間的糾葛給解開了。

鄭莉不好意思地笑笑說：「沈姐你說得對，我是太情緒化了。」

沈佳又說：「你也不用覺得什麼，感情的事，本就沒有什麼道理可言，你不理智，只是說明你很在乎傅華而已。你說是吧，傅華？」

沈佳雖然是在問傅華，可是卻瞄了孫守義一眼，孫守義有些心虛，覺得沈佳說的話，似乎是在指他跟林珊珊的事，臉上不由得紅了一下。

傅華趕緊說：「對，沈姐你說的太對了。」

吃完飯後，他和鄭莉一起將孫守義夫妻送了回去，沈佳下車的時候，還特別叮囑傅華和鄭莉不要再吵架了。

傅華和鄭莉就開車往回家的路上走，不一會兒，鄭莉的手機響了起來，是湯曼。

湯曼說：「小莉姐，最近你很忙嗎？」

鄭莉說：「還可以吧，誒，小曼，你的身體恢復了嗎？」

湯曼說：「早就恢復了，只是我哥瞎緊張，非要我在醫院裏多住幾天，這些日子可把我給悶壞了，你和傅哥怎麼都不來看我啊？真是不夠意思啊。」

鄭莉不好說出湯言誤會傅華的實情，只好說：「我們最近事情比較多一點，就沒騰出時間來。聽起來，你出院了吧？」

湯曼說：「是啊，小莉姐，你明天在店裏嗎，我想過去你那邊玩一下。」

鄭莉不想跟湯曼見面，就推辭說：「我明天不在店裏，改天吧。」

湯曼也不以爲意，笑說：「行啊，那我改天再過去吧。」就掛了電話。

傅華看了看鄭莉，說：「小莉，我覺得你有時候很奇怪。」

鄭莉不解地說：「奇怪什麼啊？」

傅華說：「湯曼的事你都可以相信我，爲什麼你會因爲小婷跟我生氣呢？」

鄭莉說：「這兩件事的性質不一樣，湯曼這件事，我相信你的爲人，是因爲你絕不是那種趁人之危的小人；而小婷就不一樣了，你們曾經是夫妻，還有一個兒子，這種關係很危險，你這人心又很軟，很難說你們之間不會發生什麼。再說，因爲你幫小婷強出頭，把事情搞得這麼複雜，到現在John還住在我們家，趙婷又時不時的去找你，這些不都是你的責任嗎？」

傅華見鄭莉又有責備他的意思，有些生氣地說：「行了，沈姐今天晚上已經教訓得我夠多的了，你就別再說了。」

鄭莉說：「那是你該教訓，這一點我還真是佩服沈姐，她一句話就能抓住要害，這種女人一定是男人事業上的賢內助；孫守義也是的，找了沈姐這樣的好女人還不滿足，還要去勾搭那個林珊珊。」

傅華笑說：「這是老婆，不是工作上的助手，老婆根本就不需要這麼厲害的。反倒是林珊珊那種溫柔漂亮的，才更討人喜歡。」

鄭莉反問說：「男人們不都說娶妻求賢慧嗎？怎麼真到現實當中，你們又變成要漂亮溫柔的啦？」

傅華說：「娶妻求賢慧這種話都是做不到才這麼說的，就像孔子說什麼做人要仁義禮智信、溫良恭儉讓，這些恐怕連他自己都做不到，哄別人的而已。」

鄭莉不禁說：「你們男人啊，就是說一套做一套的。誒，老公，你說沈姐和孫守義之間真的是和好如初了嗎？」

傅華說：「和好是和好了，如初恐怕就未必了，林珊珊這件事就像一根刺一樣，一定會時不時的冒出來攪亂他們夫妻的關係的。」

鄭莉說：「那你說孫守義跟林珊珊的關係真的就這麼斷了？」

傅華撇了撇嘴說：「這就很難說了，昨天孫守義還偷偷去見一個人，據我猜測，很可能就是林珊珊。」

鄭莉訝異地說：「他們還有往來啊，這不是在欺騙沈姐嗎？」

傅華嘆了口氣說：「我也不敢確定，只是懷疑。哎呀，這些都是人家夫妻的事，我們管不著了。」

第二天，沈佳上班之後，孫守義就出門了。

他沒有讓傅華來接他，而是自己攔了輛計程車。

他並不是要去見林珊珊，林珊珊的事既然沈佳說她會安排，他就沒必要再跟林珊珊接觸了。他現在擔心的是那天突然出現的那個男人。如果那個人不是沈佳安排的，那究竟是怎麼回事，就有點耐人尋味了。

孫守義知道，現在想要抓住他把柄的，不僅僅是沈佳，海川那邊還有束濤和孟森那些人等著看他倒楣呢。這幫傢伙知道他回北京，難保不會派人跟著他，看看他有沒有做什麼不軌的事。

想到這些，孫守義心中就有不寒而慄的感覺，幾番琢磨，他覺得還是應該找人商量一下。他找的這個人不是傅華，而是劉康。

孫守義覺得他跟林珊珊的事不適合透露給傅華知道，但劉康就不同了，劉康不是政府系統的人，也不像傅華做事那麼一板一眼，而且瞭解像孟森這種人做事的方式，跟劉康談這件事再合適不過了，因此孫守義沒有通知傅華，直接去找劉康了。

劉康在辦公室看到孫守義，笑說：

「孫副市長，我記得約你吃的是午餐，可不是早餐啊？」

孫守義笑了笑說：「你沒記錯，我也不是來找你吃早餐的。而是有件事一直讓我心裏不踏實，就想來找劉董聊聊。這件事不太適合讓傅華知道，所以我就直接闖上門來了。」

劉康好奇地問道：「什麼事讓你緊張到一大早就過來了？」

孫守義就講了他跟林珊珊見面時，有一個男人突然闖進來的經過。

劉康聽完，並沒有大驚小怪的，而是沈思了起來。

看劉康半天沒說話，孫守義不禁問道：「依你看，這個人會是怎麼回事啊？」

劉康想了想說：「你說的這個情形，首先可以肯定一點，那個男人絕對是有目的才會闖進你們的包間的，剩下來的，就是要考慮他究竟是什麼目的。你能百分之百確定不是你老婆派來的人？」

孫守義說：「基本上可以確定。」

劉康又問：「你說那個男人進門後說了一句『對不起走錯房間了』，你還記得他的口音嗎？」

孫守義想了一下，說：「他就說了這麼一句話，好像是很標準的普通話。」

劉康問：「標準的普通話？沒有什麼腔調之類的？」

孫守義又想了想，說：「沒有，是很純正的普通話。」

劉康說：「那就不是道地的北京人了。」

道地的北京人講話，會帶一點北京地域的特色，有些腔調很特別，一聽就能聽出來。

劉康接著說道：「你再想想，那人說話的口音，跟你在海川聽到的那些海川人講普通話，是不是一樣？」

劉康的話提醒了孫守義，他驚叫一聲說：「對啊，那個人說話是有點像海川人說普通話的感覺。」

這也是海川的一個特色，孫守義注意到，海川人講普通話是沒有特別的腔調的，一般人講普通話都會帶上他原本的腔調，但是海川人不會，特別是海川人到了北京之後，普通

話說得幾乎都可以到電視臺做播音員了。

劉康說：「那這個男人就是海川人了，不會錯的。」

孫守義臉色沉了下來，說：「這幫王八蛋，竟然跟到北京來了。」

劉康笑說：「你也不用擔心什麼，他手裏有的，也只是你們單獨的照片。估計你們在房間內做什麼他看不到，沒辦法偷拍，所以才會硬闖進來的。」

孫守義恍然大悟說：「原來是這樣子的啊。」

劉康說：「你們各自單獨的照片是沒什麼用的，除非寄給你老婆。但是現在你老婆已經知道這次會面了，我想就算在你老婆那裏，也是起不到什麼作用的。」

孫守義眉頭皺了起來，說：「這幫傢伙，還真是無所不用其極啊。」

劉康笑笑說：「相打無好手，相罵無好口，這也很正常啊。你今後應該更加小心些，他們都跟你跟到北京來了，看來已經將你視作眼中釘肉中刺了，恨不得早一點拔掉你。」

孫守義冷笑了一下，說：「我倒要看看，這幫傢伙還能蹦躂到什麼時候。」

臨近中午，孫守義給傅華打電話，讓他直接到劉康這裏來。

傅華趕了過來，劉康看到他就說：「傅華，聽說你跟老鄭最近鬧得很不愉快啊？」

傅華說：「也沒到不愉快的地步啦。」

劉康笑說：「你別騙我了，老鄭說你跟鄭莉現在都不登他的門了，這還叫沒到不愉快的地步啊？他終究是你的岳父，你就不能讓著他一點？」

孫守義看了看傅華，說：「傅華，你最近家裏可是有點不太平靜啊。」

傅華說：「也不是啦，就是一點小矛盾，很容易就化解的。」

劉康笑笑說：「很容易就化解？既然這樣子，我來幫你們做這個和事佬好不好？」

傅華心說，現在的重點是鄭莉跟她爸爸鬧彆扭，不是他的問題，就不想應承劉康，便說：「劉董，我們今天可是來為孫副市長送行的，你怎麼一個勁把話題往我身上扯啊？時間不早了，我們找地方吃飯吧。」

劉康看出傅華對他提議幫忙跟鄭堅和好並沒有興趣，也不好強求，就笑笑說：「行啊，我們找地方吃飯。」

第二天，孫守義就飛回了海川，臨走時，又交代傅華要跟北京的專家們保持密切聯繫，確保在預定的行程內成行。

送走了孫守義，沈佳就打電話給林珊珊。

電話響了好久，林珊珊都沒接，沈佳猜想林珊珊可能是擔心她興師問罪，便發了一個訊息過去，說：「我想跟你談一下中天集團爭取舊城改造項目的事，沒別的意思，你給我回個電話吧。」

等了幾分鐘，林珊珊的電話打了過來，沈佳平靜了一下心情，這才把電話接通了。她張嘴要叫林珊珊的名字，卻不知道該怎麼稱呼林珊珊好，叫珊珊吧，似乎有點太親熱了；直呼林珊珊的大名吧，之前一起吃飯的時候，她曾稱呼林珊珊為珊珊的，再回過頭去叫林珊珊，似乎也很彆扭。

沈佳這才意識到，要去面對跟丈夫偷過情的女人，還真不是件容易的事，就連一個簡單的稱呼也很難做到得體。

林珊珊這邊似乎也很難開口稱呼沈佳，兩邊都有了一個短暫的沉默。

還是沈佳老道些，先開口說：「你好。」打破了兩人之間的僵局。

林珊珊便也說道：「你好沈姐，我沒想到還能接到你的電話。」

沈佳說：「我也並不想給你打電話，只是守義跟我說你們見面的事，我覺得你們之間需要一個了斷，不然的話，守義總覺得虧欠你什麼似的。我又不想讓他出面跟你談，就只好我自己出面了。」

林珊珊問：「守義呢？」

沈佳正色說：「他回海川了，我告訴你，林珊珊，守義是我丈夫，你在我面前不要再這麼稱呼他了。」

林珊珊苦笑了一下，說：「對不起，沈姐，我習慣了，並不是還想跟他有什麼的。」

沈佳冷冷地說：「你什麼習慣我不管，只是不要再讓我聽到你這麼稱呼他了。」

林珊珊小聲說：「我今後一定會注意的。你說要跟我談中天集團爭取舊城改造項目的事，是要跟我談什麼啊？」

沈佳說：「我準備幫你們把這個項目拿下來，就算替守義還你的情了。」

林珊珊有點不太相信地說：「真的嗎？」

沈佳說：「當然是真的，難不成我會騙你啊？」

林珊珊趕忙說：「我不是懷疑沈姐你騙我，只是這件事情，守義，誒不對，孫副市長說他沒把握，沈姐你怎麼又說能幫我把項目拿下來呢？」

沈佳說：「我這麼說，自然有我這麼說的道理，怎麼，你不相信我能幫你們把項目拿下來？」

林珊珊知道沈佳的個性，從她認識的沈佳來看，沈佳是不會空口說白話騙她的，便說：「那倒不是，只是我不知道沈姐可以怎麼樣來幫我？」

沈佳說：「具體怎麼做，我們見面談吧。」

林珊珊說：「那沈姐你說去什麼地方？」

沈佳說：「地方就由你定吧。」

林珊珊想了想說：「那去洲際酒店的巨扒房怎麼樣？」

洲際酒店是一家很不錯的五星級酒店，沈佳笑了笑說：「那地方挺有情調的，你挺會找地方的嘛。」

林珊珊聽了有些尷尬，她覺得沈佳的弦外之音似乎是說她跟孫守義曾經去過這家餐廳過，便乾笑了一下，說：

「沈姐，你不要誤會，我跟孫副市長並沒去過這家餐廳。我選這裡，是因爲這家的甜品很棒，我想你一定會喜歡的。」

女人對甜品是沒有抗拒力的，沈佳又是老饕，雖然她反感林珊珊，卻對林珊珊推薦的甜品很有興趣，便說：「行啊，就去這家吧。」

兩人就在飯店見了面。

第七章

強硬靠山

他緊盯著張琳，說：

「張書記，怎麼了？你的態度怎麼來了個一百八十度的大轉彎啊？」

張琳說：「我也不想，可是中天集團現在搬出了強硬的靠山，讓我也不得不轉變態度了。」束濤問道：「他把誰給搬出來了？」

看到沈佳，林珊珊有些緊張的站了起來，說：

「沈姐，你來了。」

沈佳看了林珊珊一眼，眼前的林珊珊身上已沒有以往的那種刁蠻和天真，而是多了幾分拘謹和惶恐，看來她成熟了不少。想想如果不是因爲她曾和自己的丈夫偷情過，說不定她會跟林珊珊成爲很好的朋友的。

沈佳點點頭說：「你很早就來了？」

林珊珊笑了笑，說：「是啊，我到了有一會兒了，我是怕沈姐先來了，會怪我遲到就不好了。」

沈佳說：「我不是那麼挑剔的人，坐吧。」

兩人坐了下來，林珊珊問道：「沈姐，你看吃點什麼，這裏的牛排很不錯的。」

沈佳冷冷地說：「隨便吃一點吧，我是來談事情的，不是跟你吃飯的。」

林珊珊不敢再跟沈佳客套，就隨便點了一些，侍者拿著菜單走了。

等侍者離開後，林珊珊看著沈佳，誠懇地說：「對不起，我真的沒有要破壞你們婚姻的意思。」

沈佳擺了擺手，說：「我不想跟你談這些，有些事情也不是一句對不起就能完全抹掉的，我們還是來談中天集團爭取舊城改造項目的事吧。」

林珊珊感受到沈佳身上有一種威懾力，沈佳說不想談孫守義，她也就不敢再談了，便問道：「那沈姐你要我們中天集團怎麼做？」

沈佳說：「你們中天集團還在爭取這個項目吧？」

林珊珊說：「我爸爸覺得不到最後關頭不能放棄，所以已經買了投標書，準備跟天和房產公司聯合競標。」

沈佳聽了說：「那就好，既然你們還在爭取，我就能幫你們。」

林珊珊說：「那你要怎麼幫我們呢？」

沈佳說：「你讓你爸爸跑一趟東海吧，去見一個人，他會幫你們安排的。」

林珊珊說：「什麼人啊，有這麼厲害嗎？」

沈佳說：「他是東海省委組織部的部長，姓白，在東海省範圍內，有什麼事找他應該是沒問題的。」

林珊珊對官場上的職務和級別沒什麼概念，訝異地說：「組織部長有這麼厲害啊？」

沈佳看了林珊珊一眼，從林珊珊說這句話，她就知道林珊珊很外行，便說道：「你不懂這些的，你回去跟你爸爸說，就說讓他去見東海省的組織部長，他就明白了。這件事，我已經跟你們要找的人說過了，他答應會幫忙，你們過去見他，看看他要你們怎麼做。聯繫方式我寫給你。」

沈佳就把聯繫方式寫給林珊珊，林珊珊感激地說：

「沈姐，我立刻就按照你說的去辦，只是我要怎麼跟我爸爸說你的身分啊？」

沈佳愣了一下，說：「什麼要怎麼介紹我的身分啊？」

林珊珊爲難地說：「我沒跟我爸爸說過那件事，希望沈姐能給我留幾分面子，不要讓他知道。」

沈佳冷哼了聲說：「這你放心，這又不是什麼光彩的事情，除了我們三個人之外，我不會跟其他人說的。你也不用跟你爸爸提起我，你就說，這件事是孫守義給安排的，這樣子總行了吧？」

林珊珊點頭說：「行，行，謝謝你了沈姐。」

沈佳說：「你不用謝我，我也沒那麼好心，我已經跟你說了，我幫你，是希望你徹底跟守義斷了往來，不要再來糾纏他了，知道嗎？」

林珊珊立即說道：「我明白你的意思，你放心，我向你發誓，如果我林珊珊今後還跟孫守義有什麼往來的話，我出門就會被車撞死。」

沈佳面色嚴肅地說：「舉頭三尺有神明，人在做天在看，你可不要把自己的誓言當兒戲了。」

林珊珊保證說：「我說到就會做到的。」

「那就這樣吧。」沈佳說著，就想要離開。

林珊珊挽留道：「沈姐，菜我都點好了，這時候你也是要找地方吃飯的，還是在這裏吃了再走吧，尤其是甜品，你不吃太可惜了。」

沈佳猶豫了一下，想想也沒必要跟林珊珊搞得那麼僵，便說：「算了，我就吃完這頓飯再走吧。」

菜陸續上來，果然是五星級的品質，讓沈佳很喜歡，開胃的鮮活生蠔，特色的阿拉斯加蟹肉沙拉，都很對沈佳的脾胃。

尤其是最後林珊珊推薦的神級甜品上來時，沈佳心裏也忍不住的讚了句太棒了。甜品的名字叫做松露巧克力塔，上來的時候，是一個排球大小的白巧克力球，侍者用溫熱的巧克力澆到白球上時，莓子香、巧克力香，以及蘭姆酒的香味就撲鼻而來，褐色的熱巧克力順著白色的球體慢慢流淌，球體打開就如同一朵綻放的白蓮花，而花蕊就是散發著濃香的蘭姆酒巧克力蛋糕。

沈佳心說設計這道甜品的人也太有巧思了吧？真是色香味俱全啊。

沈佳忍不住抬頭看了林珊珊一眼，她感覺兩人的品味很相近。可不是嘛？她們相同的又豈止是在美味的品嘗上？兩人都看上了同一個男人，不是品味相同又怎麼會這樣子呢？沈佳在心裏苦笑了一下，暗自尋思道。

吃完甜品後，沈佳說：「謝謝你讓我吃到這麼美味的甜品，我要走了。」兩人就散了。林珊珊趕緊回去跟她父親講了這件事情。

林董一開始聽到說是孫守義讓他去找東海省委的組織部長，馬上眼睛就亮了，林珊珊不瞭解組織部門的厲害，他是知道的，組織部門向來是見官大一級的，東海省委的組織部長如果肯出面的話，那海川市的市委書記對他的面子就一定要賣的，除非他不在乎自己的仕途。

林董高興地說：「真是太好了，這下子我們就不愁拿不到這個項目了。」興奮過後，林董卻感覺到有些不對勁，他看了看林珊珊，問道：「珊珊，這真是孫守義跟你說的？」

林珊珊點點頭，說：「是啊，有什麼不對勁嗎？」

林董奇怪地說：「他原來可是說他沒招了的，怎麼突然又冒出了一個組織部長呢？如果這是真的，他爲什麼那時候不肯跟我說呢？」

林珊珊呆了一下，含混地說：「他倒沒怎麼跟我解釋，只說去找這個人的話，問題就能解決的。」

林董越想越納悶地說：「難道這裏面有什麼他不願意跟別人說的地方嗎？再是珊珊，

爲什麼他會跟你說，而不直接告訴我呢？你跟他難道比我跟他還熟嗎？你跟他究竟是什麼關係啊？」

林珊珊臉紅了一下，說：

「爸爸，看你說到哪裡去了！我跟他能是什麼關係啊？就是比較說得上話的朋友而已。我是看你爲了拿不到項目而煩惱，知道你拉不下面子去求人家，就想我跟他也算是朋友，一個女孩子家去求他，說不定他會答應，就去找了他。我這也是拜託了他很久，他磨不過，才不得不答應我的。」

林董這才釋懷，點點頭說：「原來是這樣啊，這麼說就能解釋通了。」

林珊珊心說奇怪了，根本就不是我說的那麼回事，怎麼到你那兒就能解釋通了呢？她看了一眼父親，問道：「爸爸，你想到了什麼？」

林董說：「像組織部長這種關係，對一個仕途中人是極爲重要，輕易不肯動用的，他可能是被你央求不過，才肯把這個關係拿出來的。」

這個解釋雖然跟事實天差地遠，不過倒也說得過去，林珊珊樂得父親能這樣子把事情解釋通了，就點了點頭，說：「也許就是這樣的吧。」

林董就趕緊按照林珊珊帶回來的聯繫方式聯繫了這個姓白的部長，對方接了電話之後，說：「這件事情我知道了，你來齊州一趟吧，把情況跟我說一說，看看有什麼地方可以幫你的。」

白部長的語氣淡淡的，似乎根本就沒把這件事當回事一樣，林董心知有門，便跟白部長約了時間，準備專程跑一趟東海。

放下電話後，林董就打電話給丁江，這個項目是他們兩家公司聯手爭取的，自然也該通知丁江一聲。丁江聽了也很高興，兩人就商量要帶什麼禮物給白部長。

丁江想了想說：「帶個像樣點的文玩古董比較合適，古董價值表面上看不出來，又雅致，又拿得出手，最合適不過了。」

林董也覺得很合適，林董就托朋友在琉璃廠找了一個不大的田黃擺件，雕工精美。田黃向來有一寸田黃一寸金之說，又不顯眼，很方便攜帶，做禮物最合適不過了。

到了齊州，白部長接見了林董。

聽林董談了中天集團和天和房產的公司狀況，以及對舊城改造項目的構想，白部長點了點頭，說：「你們兩家的合體基本條件還可以，你先不要急著回北京，明天東海市委書記張琳同志會來齊州，我介紹你們認識一下。」

林董見白部長這麼說，等於事情成功了一半，心裏十分高興，連聲的跟白部長道謝。

白部長笑了笑說：「你不用這樣子，成不成還要等張書記點頭的。你先回去吧，等我電話。」

林董就站了起來，說：「白部長，我來得匆忙，也不知道您喜歡什麼，就拿了點小東西，您留著把玩吧。」

林董說著，就把準備好的田黃擺件拿了出來，小小的一件，正好放在手提包裏。

白部長也是見過世面的人，一看，就笑笑說：「是田黃吧？」

林董點了點頭，說：「來得匆忙，一時間找不到像樣的，這個有點拿不出手，還希望白部長不要嫌棄。」

白部長笑說：「這怎麼好意思呢？」

林董看白部長並沒有把田黃推出來的意思，知道他接受了，便說：「那我就回去等您的電話了。」

林董就離開了省委，在齊州大酒店開了一個房間。

當晚丁江也趕了過來，跟林董見了面，林董就把跟白部長見面的情形告訴他，兩人都認爲他們總算是看到曙光了。

一夜無話，第二天下午，林董接到了白部長的電話，讓他過去辦公室一趟，林董就匆忙趕到了白部長的辦公室。

進門之後，白部長站了起來，迎上去跟林董握手，說：「林董啊，可是好久不見了，這次來東海有什麼事啊？」

林董是七竅玲瓏的人，看白部長裝作昨天沒見過他的樣子，就笑了笑說：「我是來海川市爭取一個項目的，想起齊州還有你這個老朋友在，就順路過來看看您了。」

白部長故作驚訝的說：「你來海川爭取項目啊，今天你可來對了，來來，我給你介紹一下，這位是海川市的市委書記張琳同志。」

白部長就把林董拖到在沙發那裏坐著的一個男人面前，這個男人就是張琳了。

他並不知道林董的身分，就站起來跟林董握手，說：「您好，我是海川市的市委書記張琳，歡迎外地的朋友來我們海川投資。」

林董暗自覺得好笑，心說馬上你就不會這麼認爲了，他笑了笑說：

「您好，張書記，我姓林，是北京中天集團的董事長，我去過你們海川，只是沒機會跟張書記認識。」

張琳一聽，表情就有些僵硬了，他沒想到眼前這個人竟是中天集團的董事長，這也太巧了吧？他心裏感覺白部長今天介紹他跟林董認識，似乎是特意安排的，有點像是鑽進了人家設好的圈套。不過他很快就冷靜了下來，心想：我先看看你白部長肚子裏賣的是什麼藥再說。

張琳便笑笑說：「原來是中天集團的林董啊，我聽說過你，很高興認識你。」

白部長表情誇張地說：「原來你們互相知道彼此啊，那就更好了。大家都坐吧，別站著講話了。」

林董、張琳和白部長就分賓主坐下。

白部長看了看張琳，說：「張書記啊，你是怎麼知道林董的？」

張琳心想你這不是明知故問嗎？你安排我們見面，自然是已經知道我們之間的來龍去脈了，還在我面前裝糊塗演戲？

不過心裏這麼說，他卻不敢在白部長面前把心裏話說出來，他還有很多方面有求於白部長，不但不敢得罪白部長，相反，還要配合著白部長把這場戲演下去，更要演好。

張琳便笑笑說：「是這樣子的，白部長，林董的中天集團想要爭取我們海川舊城改造項目，曾經跟我們市政府就這個項目談判過。」

白部長說：「哦，是這樣啊，這麼說，你們雙方已經達成合作協議了？」

張琳心裏暗罵白部長不是東西，需要這麼假裝嗎？談成了，姓林的還跑來幹什麼啊？不過戲還是要繼續配合演下去，張琳便說：

「這倒沒有，市政府並沒有跟林董達成合作協議。」

白部長故作訝異地說：「這就怪了，中天集團在北京是赫赫有名的公司，怎麼會跟你們達不成協議呢？哦，我明白了，是林董你的開價太低了吧？你這老兄也是，在北京賺了那麼多錢，來海川就不要再想著賺那麼多了吧，對我們這些地方上的同志也支持一下工作嘛。」

林董看白部長看著他，便笑笑說：「白部長，不是這麼回事，我是很想跟海川的朋友合作的，是海川方面中斷了談判。」

張琳看這兩人一唱一和，根本就是想把他往牆角裏逼，可是他沒有迴旋的餘地，除非他想跟白部長搞得不愉快。

張琳很瞭解自己目前的處境有多難，尤其是在公安局長人選被換掉這件事上，他已經可以感受到省領導不信任他了。因而他沒有本錢再去跟這個掌握著全省幹部仕途的組織部長硬碰硬。

張琳乾笑了一下，說：

「是這樣子的，白部長，市政府跟林董的談判是被我喊停的，我那時不知道林董跟您是朋友，當時之所以喊停，是因爲海川不少的本地企業對把海川市目前最大的一個項目給了外地人很有意見，紛紛向市委表達他們的不滿，我爲了平息輿論，只好讓市政府終止跟林董的談判，把項目拿出來公開競標。」

白部長聽了說：「原來是這樣啊，林董，你可不要因此就對張書記有什麼看法啊。你知道海川雖然比不上北京，可也是個幾百萬人的城市。張書記作爲城市的主事者，很多事情是要多方位的去考慮的。張書記中斷談判也是有他的難處，這你要諒解。」

林董立即說：「看白部長您說的，好像我林某人不懂人情世故似的。我能理解張書記的難處，對中斷談判也接受了下來。這次海川市把項目拿出來公開競標，我也買了標書，要跟大家公平競爭一下。」

白部長稱讚說：「林董，你這麼做很有氣度啊，大家公平競爭，誰輸誰贏都服氣。張書記主政的海川市，做什麼都是公正公開公平的，不論本地企業還是外地企業，大家同台競技，機會均等，張書記，你說是吧？」

張琳心裏明白白部長特別點出公平競爭，是在刻意敲打他。所謂的公平競爭，尺度是很難把握的，關鍵不在尺度的標準是什麼，而在於尺度是由誰來把握的。在他看來，讓束濤的城邑集團拿下項目就是公平競爭；但在白部長的心目中，讓林董的中天集團得標，他才會覺得是公平的。

張琳便點點頭，說：「是的，白部長，我們海川一定會保證這個項目公平競爭的。」

白部長滿意地說：「這就對了嘛。張書記啊，我可事先提醒你啊，不要因為林董跟我是老朋友，你就想在競標當中特別照顧他。這是絕對不允許的。就讓他們去公平競爭吧。林董如果輸了，那是他實力不濟，怪不得別人的。」

張琳聽了不禁一肚子火，心說：要公平競爭你還找我來幹什麼？你如果不是想要幫中天集團，根本就不會安排這場看似是巧遇的會面了。

張琳只好強笑了笑說：「您放心，我一定會記住您的提醒的。」

白部長高興地說：「這就對了。」

三人又閒扯了一陣，林董和白部長都談笑風生，說著一些北京或者東海的逸聞趣事，真的有老朋友相見的味道。一旁的張琳卻如坐針氈，還不得不應付著，好不容易逮到了一個空檔，就說要趕回海川去。

白部長看了張琳一眼，說：「原本還想讓你陪我給林董接風洗塵呢，既然你急著趕回去，那你就去忙吧。」

張琳如蒙大赦，趕忙站起來說：「那白部長、林董，你們聊吧，我走了。」

林董和白部長都點了點頭，張琳就往外走，林董和白部長出來送他，到門口的時候，張琳回過頭來跟白部長握了握手，說：「那再見了，白部長。」

白部長假意爲他抱屈道：

「你這個同志啊，項目的事應該交由市政府那邊去管嘛，總是把自己搞得這麼忙幹什麼啊？都你管了，反而讓金達同志賺了個悠閒自在了。」

白部長的話讓張琳的心忍不住抽搐了一下，說了半天，這句話才是最讓他緊張的。白部長絕對不會無緣無故說這句話的，也絕不會是因爲愛護他才這麼說的，一定是有哪位領導在白部長面前說過什麼了，白部長才會半提醒半警告的這麼說的。

這是一個很嚴重的警訊，說明省裏有領導對他把項目從金達手裏拿過來是有意見的。而能夠動用到白部長來提醒他，肯定是省裏重量級的領導，不是郭奎就是呂紀了。

張琳心裏有些後悔不該爲了束濤強行蹚這灘渾水的，金達也不是善與之輩，肯定不知道怎麼到省裏告他的刁狀了。

張琳覺得有必要跟白部長解釋一下他爲什麼這麼做，便說道：

「白部長，我也不是說要去攬權，只是這個舊城改造項目對海川市來說實在是很重要，不論出了什麼問題，對海川市民來說，都是很大的損失。所以我才會不惜讓一些同志不理解，也要出來主持這個項目，只有這樣，我才會真正的放心。」

白部長一副很理解的表情說：

「你不用解釋這麼多了，我知道你是個很有責任心的好同志，別人不理解你，我是理解你的。別人覺得你有私心，要想幫某個私營企業謀取私利，我卻認爲根本就不是那麼回事嘛。現在社會，很多同志見了事都是躲著走，只有那些有責任心的人才會主動把擔子往肩上扛的。這一點上我是相信你的。好好幹吧，張琳同志。」

白部長明確地點出了張琳想幫某個私營企業謀取私利，這等於是在明白的跟張琳講，如果不讓中天集團得標，就是在謀私。

張琳只好強笑著說：「謝謝白部長對我的信任了。」

張琳跟白部長握完了手，又跟林董握了握手，說：「這次很遺憾不能參加白部長給您的接風宴了。這樣吧，等林董去海川，我專程給你接風，補上這一次。」

張琳這是在跟白部長表明態度了，他給林董接風，意思就是在舊城改造項目上決定要支持林董了。

林董笑了，用力地握了一下張琳的手，說：「那我會儘快去海川拜訪您的。」

張琳就離開了，林董和白部長在後面看著他有些沮喪的背影，相互看了對方一眼，臉上都露出了會心的微笑。

張琳回到海川後，馬上就打電話給束濤，讓束濤趕過去見他。束濤不敢怠慢，立馬就趕去了張琳的辦公室。

張琳神情顯得十分的疲憊，束濤看他這樣子，心裏就有一絲不祥的感覺，便關心地問道：「張書記，您這是怎麼了？」

張琳看了束濤一眼，指著對面的椅子說：「坐吧。」

束濤忐忑不安的坐到了椅子上，看著張琳。

張琳嘆了口氣，說：「束董啊，舊城改造項目你不要爭了。」

「什麼？你讓我不要去爭取這個項目？」

束濤有些急了，這段時間他的工作重心都是放在爭取舊城改造項目上，現在張琳突然讓他放棄，他怎麼能不著急啊。

他緊盯著張琳，說：「張書記，怎麼了？發生了什麼事？你的態度怎麼來了個一百八十度的大轉彎啊？」

張琳頹喪地說：「我也不想，可是中天集團現在搬出了強硬的靠山，讓我也不得不轉變態度了。」

束濤問道：「他把誰給搬出來了？」

張琳回說：「省組織部的白部長。」

束濤倒抽了一口涼氣，中天集團這是抓住了最致命的弱點了，省組織部掌握著張琳的仕途，不論平調還是升遷，省組織部是必然要過的一關，張琳為了自身著想，一定不肯得罪白部長的。

張琳看束濤臉色灰敗，知道他也明白自己的處境，便苦笑了一下，說：

「束董，這次希望你能諒解我，你也知道省委現在對我已經不太信任了，這時候我不能再去得罪像白部長這樣重要的人物。算了，這次你就不要爭了，我會想辦法幫你找補一下的。」

束濤十分不甘心，他費盡心機才把這個項目爭取了過來，一句話就讓他放棄，等於這段時間他所有的心血都白費了，這讓他怎麼能接受得了啊？再說海川城區的地塊都開發得差不多了，很難再有這樣大的一塊地釋出，說要補償他，基本上只是空口說白話而已。

他看了一眼張琳，不死心地說：

「張書記，難道就一點辦法都沒有了？你也知道我為了這個項目前前後後付出了多大的代價啊，被孫守義連罰帶交的，幾千萬都進去了，我為了什麼啊，還不是為了能拿下這個項目？你這時候再來說讓我放棄，是不是也太殘忍了一點？」

張琳搖搖頭說：「沒別的辦法可想了，我必須這麼做，否則連我這個市委書記的位子都會搭進去的。」

束濤不放棄地說：「也不一定啊，他只是一個組織部長而已，只要你不犯錯，他能奈你何啊？」

張琳眉頭皺了起來，說：

「束董啊，你是個商人，可能不明白官場上的一些規矩。組織部長豈是能隨便得罪的？他要整我的話，很容易就能把我換到一個沒人搭理的位置上的。我現在還沒到養老的時候，我可不想每天就只能在辦公室看看報紙、喝喝茶什麼的。」

束濤著急地說：「可是我現在放棄的話，我的損失會很大的。張書記，您這等於害了我啊。」

張琳說：「束董啊，你也應該知道做生意是有風險的，這一次你就當賠進去了吧。」

束濤冷哼說：「你話說得輕巧，賠錢的是我不是你啊。」

張琳說：「我也沒說不管你啊，我跟你說了，我會找機會補償你的。只要我還在市委書記這個位置上，你還怕沒機會賺錢嗎？」

束濤看了看張琳，知道很難說動張琳改變主意幫他了，他覺得張琳也太絕情了，他前前後後幫了他多少忙啊？可是這一切都敵不過頭頂的那頂烏紗帽。束濤心裏就有些怨恨了，現在還沒到山窮水盡的地步呢，這傢伙就想放棄他以求自保了。

束濤陰森的看著張琳，說：「張書記，您不能這樣對我吧？您很多事可都是經過我手辦理的，你這樣對我，就不怕我有什麼想法嗎？」

張琳看了眼束濤，心說這個奴才爲了一點利益，竟然威脅起主人來了，難道他想弒主嗎？真不是東西！幸好自己也不怕他，便有些不高興地說：

「束董，你想幹嘛？威脅我嗎？你可別忘了，這些年都是我在幫你維護著城邑集團的，我倒了，你也別想有好果子吃。你還是聰明一點吧，把目光放遠一點，不要爲了眼前的一點小利益就鬧將起來，你我是一條船上的，我這條船沉了，你會損失更大的。」

束濤語帶威脅說：「可是我現在也不能說放棄就放棄，我後面還跟著一個孟森呢，他是爲了舊城改造項目才受我的管束，跟我結盟的。而且他也因爲受我殃及，損失了不少的錢，如果讓他知道舊城改造項目沒戲了，很難說他會採取什麼行動的。」

張琳知道孟森不是一個容易受控的人，如果這傢伙真要鬧點什麼事情出來，怕是真的不好收拾。現在新來的公安局長姜非並不是他的直系人馬，如果孟森鬧起事來，姜非很可能以這個作爲切入點，把孟森給打掉。

張琳倒不是擔心孟森，而是擔心孟森會牽涉出束濤，而束濤又跟他有著密切的聯繫，很容易就會把他也給扯進去。

在這個時間點上，張琳自然不希望海川出什麼大事，尤其是還跟他有聯繫的事件。不過他也不想就此跟束濤示弱，便冷笑一聲，說：

「束董，你別拿孟森跟我說事，如果連這樣一個流氓你都控制不了，那你這些年就算白混了。我想你肯定比我更清楚現在海川是個什麼形勢，現在的公安局長姜非可不像走了的老麥，孟森如果敢惹什麼事，姜非對他一定不會客氣的。」

張琳說的不假，姜非到海川之後，雖然並沒有什麼大的動作，但是已經開始著手整頓海川公安局的內部紀律了，他制定了幾條切實可行的禁律在公安局內推行，讓海川的警風爲之一新。

現在整個大環境有所改變，讓孟森那幫人也不得不收斂許多。再加上還有一個孫守義在背後虎視眈眈，就等著抓孟森的把柄，這時候孟森真要跳出來惹事，怕是孟森自己就討不了好去。

束濤心裏更覺鬱悶了，原本以爲形勢一片大好，就等著接下舊城改造項目大張旗鼓呢，結果樂極生悲，形勢急轉直下，張琳變成反過頭來要去支持中天集團了。

現在變成是他騎虎難下，他已經付出了那麼大的代價，現在退出，等於前面的投入都打了水漂。

想來想去，束濤覺得還是不能就此放棄，就算張琳不支持他，他也可以想別的辦法，便對張琳說：

「孟森我會約束好的，不過，我也不會退出舊城改造項目的爭奪，你不支持我，我可以自己去爭取。」

張琳愣了一下，他沒想到束濤竟不聽他的約束，他扶持起來的奴才竟然敢這麼對待他。張琳看著束濤，咬著牙說：「你想幹什麼？」

束濤冷冷地說：「我不想幹什麼，我憑自己的能力去爭取總可以了吧？」

張琳說：「束濤，你應該知道，金達和孫守義是恨不得把你的城邑集團整垮，這時候你再跟我較勁，恐怕你在這個項目上是一點機會都沒有的。」

束濤發狠說：「就算機會是零，我也要去爭取。」

張琳聽了，臉色難看的嚇人，現在白部長既然找到了他，那他就沒有別的選擇，只能幫中天集團拿下項目。如果束濤在背後搞鬼，讓中天集團最後沒有得標，這筆賬白部長不會算到束濤身上，而會認爲是他沒有真心幫忙。

張琳便緊張地說：「我警告你啊，束濤，如果你在背後搞什麼小動作，讓中天集團不能得標，我絕對不會坐視不管。」

束濤不禁冷笑說：「那你要幹嘛？整死我嗎？你應該也清楚，我倒楣了，你也不會好過的。」

張琳說：「我不需要整死你，我只要讓你的企圖不能得逞就好了。束濤，你怎麼就不明白呢，如果這個項目中天集團不能得標的話，我這個市委書記，很可能就要騰地方給金達了。你也不想想，如果金達做了市委書記，能有你們的好果子吃嗎？」

束濤看著張琳，搖搖頭說：

「張書記，我講個故事給你聽吧，一隻蠍子要過河，就去找青蛙讓青蛙馱牠過河。青蛙不答應，說蠍子在牠後背上一定會螫牠，蠍子保證說絕對不會螫牠，我們一起過河，你死了我也要跟著死，你就放心好了。青蛙就相信了蠍子，馱著牠過河，到了河中央，蠍子忍不住還是螫了青蛙。當牠們沉到河底，快要死去的時候，青蛙看著蠍子，問道：你爲什麼要把大家都害死呢?蠍子說:沒有爲什麼,這只是我的本性而已。」

張琳有點沒聽明白東濤說這話的意思,問道:「你說這些,是要表達什麼意思啊?」

東濤說:「我是想告訴你,人都是忠於自己的本性的,我是個商人,貪婪就是我的本性,我付出了,就要拿回相應的回報,在這一點上,誰都不能阻止我。」

張琳冷笑了一聲,說:「真沒想到你還是一個哲學家,能講出這麼富有哲理的話來。不過你也不是萬能的,很多事情是由不得你來做決定的。」

東濤說:「我知道,很多事情我無法做決定,我也不需要決定那麼多事情,我只需要在舊城改造項目這件事情上做決定就好了。現在我告訴你我的決定,那就是我一定要爭取這個項目,就算你不能幫我,也不要來阻止我,否則的話,別怪我不客氣。」

「你敢!」看到東濤竟然這麼不受控制,張琳氣急敗壞的說。

兩人既然已經撕破臉,到了這個地步,東濤對張琳也不再克制了,他面露凶光,說:「我有什麼不敢的?難道你還敢對我怎麼樣不成?我的張書記啊,你好好想想,你和我誰是青蛙,誰是蠍子吧。我能豁得出去,你能嗎?」

東濤說完,沒去理會面色灰敗的張琳,站起來就揚長而去了。

第八章

臨陣倒戈

孟森說：「怎麼回事情啊？誰這麼不給你東董面子，把你氣成這個樣子？」束濤知道孟森早晚也會知道張琳臨陣倒戈的事，索性也就不隱瞞他了，說：「孟董，告訴你一件很糟糕的消息，舊城改造項目我們可能拿不到了。」

回到城邑集團，束濤還是一肚子的怒氣，進了自己辦公室，他拿茶杯想要喝水，卻發現杯子是空的，他狠狠地把杯子摔到地上，罵了一句：

「人都死了嗎？連杯水都沒人給我倒？」

杯子摔碎的聲音很大，束濤的秘書匆忙趕了進來，說：「對不起啊，束董。」

束濤憤怒地叫道：「光說對不起有用嗎？我現在想喝水，你還愣著幹什麼，找杯子倒水去啊！」

束濤的秘書趕緊一溜小跑去給束濤找杯子倒水，這時孟森從外面走了進來，看了看束濤，問說：「這是怎麼了，束董，怎麼這麼大的火氣啊？」

束濤沒好氣的瞅了孟森一眼，說：「你跑來幹什麼？」

孟森笑笑說：「我來跟你報告一個好消息啊，我派去北京的人有發現了。你猜孫守義的情人是誰啊？」

聽說找到了孫守義的情人，束濤的臉色終於好看了一點，便說：「別賣關子了，快說是誰。」

孟森一副發現了什麼天大秘密似的說：「這個人若不是我派去的人親眼所見，打死我也不相信的。」

束濤沒好氣的說：「你怎麼這麼囉嗦啊，究竟是誰啊？」

孟森把一疊照片遞給束濤，說：「就是這個人。」

束濤接過照片看了看，上面是一個年輕的女人正要離開飯店的樣子。他並不認識照片上的女人，便不高興地說：「你給我看這些是什麼意思啊？這哪一點能說明她是孫守義的情人啊？」

孟森詫異地說：「束董不認識這個女人嗎？」

束濤說：「我當然不認識了，這個女人在北京，我從何認識她啊？」

孟森說：「哦，原來你沒見過她啊。我可是見過這個人，她就是中天集團林董的千金小姐林珊珊。」

束濤愣了一下，看了看孟森，說：

「你沒搞錯吧？中天集團那麼大的實力，姓林的會讓他的女兒出賣色相來換取項目嗎？絕對不可能的。」

孟森說：「一聽這個消息，我也覺得不可信，可是我派去北京的人是很可靠的，他跟我發誓說，他親眼看到這兩個人在包房裏手握著手。」

束濤說：「那他們握手的照片呢？」

孟森苦笑了一下，說：「當時他們在包房裏面，我派去的人看不到，就裝作走錯包房硬闖進去，才看到他們兩人親熱的一幕，時間太匆忙，就沒能拍下照片。」

束濤說：「那你最起碼也拿出一張他們兩人在一起的照片來啊！」

孟森搖了搖頭，說：「我派去的人硬闖了他們的包房之後，孫守義和林珊珊好像察覺到了什麼，就分別離開了邢家飯店，他們各自的照片是有了，但在一起的照片就沒拍到。不過起碼已經知道這兩個人是有不正當關係的。」

束濤說：「那之後就沒再盯到他們兩個人見面了嗎？」

孟森說：「就那一次，再沒有了，然後孫守義就回海川了。」

束濤有點惱火的把照片往地下一摔，忿忿地說：「這些照片有個屁用啊？這能說明什麼啊？」

孟森看束濤這個樣子，心裏就有些不悅，心說你這是向誰耍威風啊，別人怕你這個所謂的海川首富，我可沒有要怕你的意思。

孟森瞅了束濤一眼，說：「束董，我是你的合作夥伴，可不是你的秘書，你要撒氣，也要找對目標。」

束濤心知像孟森這種人是不能跟他來硬的，這種混混往往是吃軟不吃硬，硬碰硬自己占不了便宜，對他還是要多用籠絡的手段。

束濤就嘆了口氣，說：「孟董啊，真是不好意思，我是剛才實在氣急了，就有點控制不了自己了。」

孟森好奇地問道：「究竟怎麼回事情啊？誰這麼不給你束董面子，竟然把你氣成這個樣子？」

束濤知道孟森早晚也會知道張琳臨陣倒戈的事，索性也就不隱瞞他了，說：「孟董，我要告訴你一件很糟糕的消息，舊城改造項目我們可能拿不到了。」

孟森一聽，有點急了，說：「束董，發生什麼事了，不是說張書記會幫我們爭取到這個項目的嗎？怎麼你又突然說拿不到了呢？」

束濤嘆說：「也不知道孫守義回北京搞了什麼鬼，竟然讓中天集團搬動了東海省委的組織部長出面。張琳不敢得罪他，就轉變了立場，要幫中天集團拿項目了，所以不會再來幫我們了。」

孟森一聽，眼睛瞪了起來，罵道：

「這個王八蛋！怎麼會這樣子啊，簡直是他媽的牆頭草嘛，我們爲了爭取這個項目付出了多大的代價啊，現在居然說他不能幫我們了，這不是坑人嗎？束董，我們絕對不能咽下這口氣，要想辦法教訓一下這個王八蛋。」

束濤看到孟森急罵罵的樣子，反而冷靜了下來，他覺得自己不應該跟孟森一個檔次，他應該更有智慧才對。像剛才那樣惱怒根本是沒有必要的，發火又不能解決什麼問題，便冷靜地分析說：

「孟董，現在的當務之急不是教訓張琳，而是如何把項目拿下來。教訓他有什麼用啊？頂多摘掉他的烏紗帽，對我們來說，一點好處都沒有。我們要的是項目，要的是賺錢，不是要搞倒什麼人。」

孟森說：「可是張琳這麼一倒戈，我們就很難跟中天集團競爭了，連市領導都支持中天集團，你要我們怎麼去跟人家爭啊？」

束濤一時也沒什麼主意，就說道：「你也別這麼喪氣，不到最後關頭，我是不會輕言放棄的。」

孟森洩氣地說：「恐怕現在你不放棄也不行了，你不會真的相信什麼公平公正公開吧？沒有強有力的領導支持，就憑我們倆是無法扭轉這個頹勢的。」

束濤勸慰說：「你也別這樣滅自己的威風，我們爲了這個項目付出了那麼大的代價，就這麼放棄的話，一定會損失慘重的。所以這一次我們一定要跟他們鬥上一鬥。」

孟森苦笑著說：「問題是你要怎麼跟人家鬥啊？」

束濤說：「現在的問題並不是在領導支不支持我們，而是我們要搞得沒有領導敢去支持中天集團，所以我們先要把中天集團給搞臭，而搞歪主意整人，不正是你孟董的長處嗎？怎麼還來問我要怎麼跟人家鬥呢？」

孟森一聽要搞小動作，立時誇口說：「要講動歪腦筋，我孟森還真是可以的。不就是一個中天集團嗎？讓他們放馬過來吧。」

東濤調侃說：「別光在這吹牛了，趕緊想主意吧，晚了的話，舊城改造項目就沒我們的分了。」

孟森沉吟了一會兒，將地上的照片都撿了起來。

東濤困惑地說：「這照片上就林珊珊一個人，說明不了什麼的，你撿它幹什麼？」

孟森笑說：「這上面可有林珊珊的臉啊，怎麼會沒用呢？不但有用，還有大用呢。」

東濤問：「你想幹嘛？」

孟森詭笑說：「我有個朋友，電腦玩得一流，你想要什麼樣的照片他都能做出來。既然我們手裏沒有孫守義和林珊珊在一起的照片，索性我們就幫這對偷情的鴛鴦製造出一張來，讓他們幸福的在一起，不是很好嗎？」

東濤呆了一下，說：「這樣子有用嗎？」

孟森說：「有沒有用很難說，不過這兩人有曖昧是肯定的，我們就把這個輿論給造出去，就算不能重傷到孫守義，起碼也會讓他受些困擾的。」

東濤想了想，這麼做倒也無妨，這種事本就是真假參半的，孫守義想解釋也很難解釋清楚。便笑笑說：「既然這樣子，那你就給我做好一點，不要弄得讓人一看就是假的，知道嗎？」

孟森拍拍胸脯說：「這你放心吧，我那個朋友做的照片絕對讓人看不出來是假造的，跟真的一模一樣。等著吧，這次我要讓孫守義好好的喝上一壺。」

束濤傳授方法說：「你的目標不要光對準孫守義，要針對中天集團爭取舊城改造項目來說事，就說中天集團為了爭取項目，不惜採取下三濫的手段，董事長讓自己的女兒犧牲色相取悅海川副市長孫守義，孫守義在採花得逞之後，便犧牲原則，幫中天集團作假以拿下項目。而海川市政府的領導被孫守義所蒙蔽，已經違反原則，把項目內定為由中天集團得標。」

孟森笑著說：「束董你這麼一說，我的思路就更清晰了，你放心吧，我會把事情做得漂漂亮亮的。」

束濤不忘交代說：「不但要做的漂亮，而且還要快，要儘快把這些散播出去，我看到時候張琳還敢把項目給中天集團?!」

孟森說：「那我馬上就去找我那個朋友，相信很快就會有一疊漂亮的照片出來的。」

束濤笑笑說：「行，你就先把這件事情給我辦好。」

北京，海川駐京辦。

傅華正在辦公室陪一個客人說話，有人敲門，傅華喊了一聲進來，打扮入時的湯曼走了進來。

傅華愣了一下，說：「小曼，你怎麼來了？」

湯曼笑笑說：「你這兒我不能來嗎？」

傅華說：「不是不能來，而是我沒想到你會來。」

湯曼看了看那位客人，說：「沒打攪你們吧？」

那位客人很知趣，立即站了起來，說：「我跟傅主任正好聊完，準備離開呢。傅主任，你們聊吧，我走了。」

傅華把客人送了出去，回來看到湯曼站在那裏四處看著房間的佈置。看到傅華回來，湯曼笑了笑說：「傅哥，你這裏這麼簡陋啊？不是都說駐京辦主任很厲害嗎？」

傅華笑了起來，說：「駐京辦主任芝麻大的一個小官，哪裡來的什麼厲害啊？說起來我這兒還算好的，海川大廈是我們駐京辦跟別人聯合經營的，我們還能從中得些收入，所以我的辦公室才能裝修的好一點。」

湯曼撇了撇嘴，說：「這也叫好一點啊？」

傅華說：「你沒去看那些租房子做辦公室的駐京辦呢，他們的更簡陋。你不要聽傳言說駐京辦這樣那樣，其實這也就是一個政府駐北京的外派機構，說到底我們就是普通的公務人員罷了。跟你哥那種大老闆的辦公室是沒辦法比的。」

湯曼聽了，說：「是啊，你這裏跟我哥的辦公室差得可不止一個檔次。」

傅華笑笑說：「好啦，別來打擊我的自信心了，本來你哥就看不起我，叫你這麼一說，我就更沒辦法在他面前抬起頭來了。」

湯曼說：「別裝的這麼可憐，我從來都不覺得你在我哥面前有那種低人一等的心理。起碼在我看到你的時候沒有這種感覺，反倒是我覺得你並不拿我哥太當回事。」

傅華笑說：「我哪敢不拿你哥當回事啊，人家底下坐著的，可都是我一輩子賺不到的。好啦，你也別站著了，不嫌棄的話，就坐下來吧。」

湯曼就去沙發上坐了下來，傅華給她倒了杯水，然後坐到她的對面，說：「說吧，找我幹嘛？」

湯曼看了傅華一眼，遲疑地說：「傅哥，有件事情我想問你，是不是小莉姐對我有所誤會啊？」

傅華愣了一下，不明白湯曼爲何這麼說，「沒有啊，小莉在我面前說起你來，都是很高興的樣子啊，怎麼了？」

湯曼說：「那傅哥，你是不是把你救我那晚的情形都跟小莉姐說了？」

傅華說：「說啦，我們也沒有什麼需要跟小莉隱瞞的啊？」

湯曼的臉騰地一下紅了，著急的說：「你都跟小莉姐說了？你怎麼能這樣啊？」

傅華詫異的說：「怎麼了，我沒覺得有什麼不能說的啊？」

湯曼看了傅華一眼，說：「怎麼沒什麼不能說的，我記得我那晚在車內可是十分狼狽的，你把這些都告訴小莉姐，你讓她怎麼想我啊？唉呀！你這人怎麼也不動動腦筋啊？跟小莉姐這種事情能說嗎？」

湯曼這麼說，似乎是回憶起當晚發生什麼了，傅華心說：我總算有機會洗刷清白了，便說：「小曼，你記起那晚的事情了？」

湯曼回憶說：「我只記得一點，就是那晚我喝了朋友給的飲料後，就感覺到眩暈，就知道不對勁了，就藉口去洗手間想趕緊離開，然後就碰到你。你帶我上了車，然後藥力發作，我渾身發熱，好像把衣服的扣子都解開了，之後我就昏了過去，醒來的時候，人就在醫院了。」

湯曼邊說還邊扭捏的偷偷看了看傅華，臉上微微泛起紅暈，似乎有些嬌羞。傅華卻沒有注意到這些，他暗自遺憾，湯曼還是沒有把最重要的部分想起來。

湯曼接著說：「說起這個，我還沒跟你當面道謝呢，那一晚如果不是你恰巧出現，我真不知道會遇到什麼事呢。」

傅華說：「不用謝啦，誰遇到這種情形都不會袖手旁觀的。只是小曼，你一個女孩子家，晚上就不要去那種場合玩了。在那種地方出入的人都是良莠不齊的，被人算計了就不好了。」

湯曼點了點頭，說：「我知道了傅哥，以後我會注意的。這些都不是問題，現在問題是小莉姐好像是生我的氣了。」

傅華困惑的說：「沒有哇，小莉沒說你有什麼讓她不高興的地方啊？」

湯曼說：「那是她在你面前不好表現出來。」

傅華笑了，說：「你這丫頭，就是瞎想，我們都夫妻這麼久了，還有什麼不好表現出來的？」

湯曼搖搖頭說：「怎麼沒有啊？假若你是一個女人，別的女人在你丈夫面前衣衫不整，你會不會生那個女人的氣啊？」

傅華撲哧一聲被逗笑了，說：「哦，說了半天，你是以爲小莉是因爲那晚你在我車裏衣衫不整才吃醋生氣的？這你放心吧，沒這回事。她很清楚你是被人下了藥，失去神智才那麼做的，她不會因爲這個來怪你的。」

湯曼晃著頭說：「那就奇怪了，不是因爲這個生我的氣，那她爲什麼要躲我啊？」

原來湯曼是因爲這個才過來的啊。傅華雖然知道原因是什麼，卻無法跟湯曼講，便笑笑說：「小曼啊，你誤會了吧？小莉怎麼會躲你呢？」

湯曼說：「我沒有誤會她，我在醫院，她就去看過我一次；我出院之後，打了好幾次電話給她想要約她出來逛逛街什麼的，她都藉口很忙，拒絕了我。」

傅華聽了說：「小曼，你小莉姐手裏還有一個服裝品牌要打理，她忙也很正常啊。」

湯曼說：「你別糊弄我了，現在又不是什麼服裝旺季，她不會忙到跟朋友見面聊天的時間都沒有吧，一定是她生我的氣了。」

傅華勸說：「不會的，小曼，是你多心了。」

湯曼不信地說：「那好，我當著你的面給小莉姐打電話，約她出來吃飯，什麼時間都可以，只要她有時間我就可以奉陪，你看看她會不會答應。」

傅華知道鄭莉拒絕的可能性很大，因爲湯言已經明確表示不希望她再跟湯曼提起那晚的事，就笑笑說：「你要請她吃飯，這還不簡單，你定個時間，回頭我帶她跟你一起吃飯不就好了嗎？」

湯曼笑說：「傅哥，你別矇我了，當我是三歲小孩子啊，你回頭把我現在跟你說的都告訴小莉姐，小莉姐就算應付場面，也會出來應付我一下的。」

湯曼說著，便拿出手機撥了號碼。

電話響了很長一段時間，鄭莉才接了電話，開口就說：

「小曼啊，又來約我出去玩是吧？真是不好意思啊，我這幾天真的是很忙，騰不出來時間陪你，過些日子好不好？」

湯曼捂住話筒，對傅華說：

「你看吧，我連要幹什麼都還沒說，小莉姐就先拒絕我了。」

說完這句話，湯曼才放下捂著話筒的手，笑了笑說：「小莉姐，我知道你忙，打電話給你並不是約你出來逛街什麼的。」

鄭莉詫異地說：「哦，不是出來逛街啊，那你找我想要幹嘛？」

湯曼笑笑說：「我想小莉姐你再忙也總要吃飯吧？我們能不能找個時間一起吃頓飯啊？」

鄭莉推辭說：「不行啊，這批貨我要盯著，走不開啊。」

湯曼故意說：「連吃頓飯的時間都沒有？小莉姐，你可是真要發大財了。」

鄭莉笑說：「發什麼大財啊，你這丫頭，淨瞎說。好啦，不跟你閒扯了，那邊有人叫我了。」說完，沒等湯曼有所反應，就把電話給掛了。

湯曼向傅華攤開了雙手，說：

「你看到沒有，小莉姐嘴上雖然說的客氣，實際上卻連話都不願意跟我多說幾句。你還說他沒生我的氣。你可別告訴我她真的忙成這個樣子，你如果敢這麼說，那你現在就帶我去她的公司，我倒要看看她是否真的這麼忙？」

傅華只好安慰她說：「我覺得你還是神經有點過敏了，我可以跟你保證，她真的沒生你的氣的。」

湯曼看了看傅華，懷疑地說：

「你跟我保證？這麼說，你對小莉姐現在對我的態度心裏早就有數了？傅哥，你們是不是有什麼事情是我不知道的？」

傅華趕忙說：「沒有，是你多心罷了。」

湯曼說：「不對，你肯定是知道小莉姐爲什麼會拒絕我的，不然的話，你不會連一點詫異的表情都沒有。傅哥，你告訴我實話，究竟是怎麼一回事？」

傅華眉頭皺了起來，有點左右爲難，告訴湯曼實情吧，傅華覺得很難說的出口；不說吧，湯曼已經察覺到這裏面有些不對勁了，一定會糾纏下去的。

湯曼看傅華遲疑不語，心中越發疑竇叢生。她站起來，抓住了傅華的手，說：「走，你帶我去見小莉姐，我們三人面對面的把事情說清楚，你幫我去跟她解釋清楚，我當時真是神智不清，做過什麼我自己都不知道的。」

湯曼說著，就想拖著傅華往外走，傅華掙脫開來，說：「小曼，你別這個樣子，我都跟你說了，她沒誤會你什麼。」

湯曼委屈地說：「那她怎麼會這樣子對我啊？不行的傅哥，小莉姐對我來說是一個很重要的朋友，我可不想因此失去她的友誼，你就陪我一起去跟她解釋一下嘛。」

傅華嘆了口氣，說：「我跟你說實話吧，小莉不想見你，並不是她誤會你，而是因爲你哥誤會了我。」

湯曼詫異地說：「什麼？我哥誤會了你，他誤會你什麼了？」

傅華爲難地說：「小曼，這件事本來我們都不想告訴你的，因爲不想喚起你一些不好的回憶，而且這件事情由我來跟你說，似乎也很不合適。」

湯曼急了，說：「傅哥，你就別吞吞吐吐的好嗎？你快點說我哥怎麼誤會你了。」

傅華苦著臉說：「妹妹衣衫不整的和他的冤家對頭在一個車裏，你想想你哥還會誤會什麼啊？」

湯曼皺眉說道：「你是說我哥冤枉你，我的衣服是被你解開的？」

傅華趕忙說：「小曼，這件事我可以對天發誓，我真的沒有這麼做，當時的情形是你拼命喊熱，就自己扒開衣服，我去阻止卻阻止不了，就把你放在車上，讓你哥來接你。結果你哥一看到你的樣子，就怒不可遏，非要說是我把你弄成那個樣子的，爲此我還吃了你哥兩拳。」

湯曼聽了說：「是這樣啊？」

傅華看了看湯曼，說：「小曼，你不會也認爲我對你做過什麼吧？」

湯曼搖搖頭，說：「當然不會了，傅哥你不是這種人的。」

傅華鬆了口氣，說：「謝天謝地，幸好你還能相信我，不然的話，我真是跳進黃河都洗不清了。」

湯曼還是不懂這跟鄭莉的態度有什麼關係，說：

「這件事我醒過來的時候跟我哥解釋過了，說是別人下的藥，你是來幫我的，我們之間應該沒事了啊？為什麼小莉姐還要避開我呢？」

傅華解釋說：「問題是你哥並不相信我沒對你做過什麼，他知道藥不是我下的，但是之後發生的事就不能保證跟我沒關係了，他跟小莉就爭執了起來。小莉是擔心跟你見面，她會忍不住問起這件事情來，所以只好儘量避開你了。」

湯曼想了想，便不好意思的問道：「我哥為什麼會這麼誤會？是不是我當時的情形很不堪啊？」

傅華眼前馬上浮現出那晚湯曼的情形，那曼妙的曲線，無盡的春光，現在想來還是有些令人耳熱，便乾笑了一下說：「是有點。」

湯曼說：「這麼說，你都看到了？」

傅華臉紅了一下，很尷尬的說：「我已經儘量不去看你了。」

湯曼笑說：「傅哥，被看到的人是我啊，你怎麼還不好意思了起來呢？」

傅華乾笑了笑說：「我不是刻意要去看的，是你當時的行動有點瘋，我想阻止你。」

湯曼露出調皮的笑容說：「那你也是看了。誒，傅哥，我的身材跟小莉姐比起來，誰比較好一點啊？」

傅華噎了一下，他沒想到湯曼這時候還會問出這個問題來，她竟然先想的是跟別人身材的比較，而不是被扒光是件不好的事，現在年輕人的思維還真是難以捉摸啊。

他覺得湯曼是在跟他開玩笑，只是在這種狀況之下，湯曼還能開這種玩笑，實在是令人錯愕，便說：

「誒，小曼，別跟我開這種玩笑了好不好？你沒看我已經夠尷尬的了嗎？」

湯曼笑笑說：「我真的想知道嘛。其實你們何必這麼緊張呢，這又不是過去，女人的身體被男人看了，女人就不能活了。現在女人裸露自己的身體不是太常見了嗎？國外還有天體營呢。我哥也是的，這是什麼大不了的事啊，有必要搞得大家這麼緊張嘛？」

傅華說道：「小曼，我很欣慰這件事沒有給你再次造成傷害，只是我們國家還沒開放到你這種程度，所以你哥緊張也很正常。」

湯曼笑了，說：「你們當我是三歲的孩子啊，還什麼再次的傷害？我是成年人了誒。再說你們這些男人也是，在外面什麼陣仗沒見過啊？難道那些陪你們玩的女人都是穿著衣服跟你們睡覺嗎？這麼大驚小怪的。」

傅華趕忙叫說：「喂，你可別這麼說，除了自己的妻子之外，我可跟沒跟別的女人睡過覺！」

湯曼瞅著傅華說：「真的嗎？你敢對天發誓？」

傅華曾經跟曉菲瞞著趙婷有過不倫之戀，還真是不敢發這個誓，就乾笑一下，說：「沒有就是沒有，發什麼誓啊！好了，小莉爲什麼躲你我已經告訴你了，你就不用再一直追問了。」

湯曼說：「行，我知道了，你回頭告訴小莉姐，我都知道了，讓她不用躲我了。再是我哥那邊，我會跟他解釋清楚的，你也不用再擔心他誤會你了。」

湯曼說完，就往外走，傅華跟在她後面送她離開。

快到門口的時候，湯曼忽然一個急轉身，回過頭來問道：「誒，你還沒告訴我，我跟小莉姐誰的身材比較好呢，現在就我們兩個人，你就偷偷告訴我吧，我不會跟小莉姐說的。」

湯曼突然的急轉身，搞得後面的傅華差一點撞到她懷裏，他趕忙往一側躲開了，見湯曼還在追問這個問題，他笑了笑，沒說什麼，便探身過去把辦公室的門打開了，說：「小曼，有時間再來玩。」

湯曼笑說：「你就裝你的君子吧，拜拜。」揚長而去了。

傅華在後面看著她窈窕曼妙的身形，不禁暗自搖了搖頭。其實湯曼追問那個問題是毫無意義的，這還用比較嗎？青春是無敵的，論條件，當然是湯曼勝出了。

晚上回家，傅華就跟鄭莉說湯曼去駐京辦的事情。

鄭莉聽了說：「鬧了半天倒是我們杞人憂天了，她根本就沒拿這個當回事。」

傅華說：「這件事情算是解決了，你也不用再躲她了。」

鄭莉語帶無奈地說：「是啊，這件事是解決了，可是這邊還有一個麻煩沒解決啊，我的好老公。」

鄭莉指了指客房，傅華知道她指的是一直住在他們家的John。

說起這個，傅華也很頭大，John一直不肯同意跟趙婷離婚，也不想辦法去哄趙婷回頭，就躲在他家裏，什麼努力也不去做。傅華還不敢跟他談這件事，只要一說起，John就會很傷心的哭起來，搞到傅華也不好攆John走。

傅華眉頭皺了起來，說：「John還沒回來嗎？」

鄭莉點了點頭，說：「他去上班了，還沒回來。老公啊，你說我們怎麼辦呢？總不能讓他在我們家住一輩子吧？」

傅華煩惱地說：「我也沒什麼辦法啊，原本我以爲老外對這種事會看得比較開呢，誰

知道這個John這麼專情啊。」

鄭莉抱怨說：「事情可是你惹下來的，我不管，你趕緊想辦法解決掉，每天家裏有這麼一個哭喪著臉的老外在，算是怎麼回事啊！不管怎麼樣，你跟他談一下吧，他跟趙婷老是這麼拖著也不是個事啊。」

傅華說：「好啦，我知道了。」

夫妻倆正說著，John開門回來了，看到兩人，說：「你們都回來啦？」

傅華說：「是啊。」

鄭莉說：「John，你吃了沒有？」

John搖搖頭，說：「我一下班就回來了，還沒來得及吃呢。」

鄭莉說：「那你跟傅華聊聊，我去做飯。」

鄭莉就去了廚房，傅華知道她是躲開想要自己跟John談，就把John拉到客廳，說：「來，John，我們聊一下。」

John看了看傅華，說：「傅，不好意思啊，我住在這裏給你們夫妻添麻煩了。」

傅華說：「那都是小事。誒，你跟小婷現在究竟怎麼樣了？」

提起趙婷，John的眼圈馬上就泛紅了。

傅華就看不得他這樣，惱火地說：「John，你是不是個男人啊？怎麼動不動就哭呢？

我跟你說，小婷就是因爲這個才厭煩你的。有話就說，別這個樣子。」

John看傅華發火了，強忍著不讓自己哭出來，抽泣的說：「可是傅，一想到小婷對我那個樣子，我就覺得很委屈，她不應該那麼絕情的。」

傅華看著John想哭又不敢哭的樣子，實在是有些滑稽，便嘆了口氣，說：「John，你怎麼就不能挺起腰板來呢?你看你，年輕英俊，在北京想找什麼樣的女孩都可以找到的，有必要這個樣子嗎?」

John固執地說：「可是我只想要小婷。」

傅華苦笑著說：「John，你這個樣子小婷怎麼會喜歡呢?他想要的是那種能夠依靠的男人，可不是一個成天哭哭啼啼的男人。你這個樣子，只能讓他更厭煩你。」

John說：「我也不想這樣子的，可是我忍不住啊。」

傅華說：「真是奇怪，你們老外不是對感情挺看得開的嗎?怎麼到你這就不是了?John，你這麼逃避下去也不是辦法啊?你跟我說，你下一步打算怎麼辦?」

John聽傅華這麼說，有些緊張了起來，看了看傅華，說：「傅，你問我有什麼打算幹什麼?是不是你不想讓我住在你這了?」

傅華心說：我是真的不想讓你再繼續住我這兒了，可是John這麼一說，倒把他想說的話都給堵了回去。他便說：「我沒那個意思，只是你也不能老這樣子下去吧?」

John說：「我知道這樣下去不行，只是我現在腦子亂的很，一時也不知道該怎麼辦了。傅，你給我一段時間想想，等我有了答案再來告訴你吧。」

傅華看看一臉沮喪的John，也不想再去逼這個雖然結婚，但心態還不太成熟的男人，就笑了笑說：「行啊，你好好想想吧。」

John就站了起來，說：「那我回房間了。」

傅華點點頭，John就走回房間，關上了門。

鄭莉在廚房看John回房間去了，就走過來低聲問道：「你跟他談的怎麼樣了？他是要跟小婷離婚，還是要繼續糾纏下去？」

傅華說：「他要我給他一段時間想一想，唉，希望他不要想得太久。」

鄭莉看看傅華，知道他現在也是有苦難言，就沒再說什麼，回廚房做飯去了。

第二天一早，傅華照慣例去駐京辦。

坐下來後，他拿起桌上的信件，其中有一封快遞是來自海川的，看了看寄信人，是一個沒有印象的名字，心說什麼人給我寄的快遞啊，信手就把信給拆開，往外一倒，幾張照片跑了出來。

傅華一看，不由得愣住了，照片上是兩個光著身子的男女在一起鬼混，舉止大膽火辣，不堪入目，細看兩人的面孔，竟然是孫守義和林珊珊。

第九章

不雅照片

領導小組警告說，這些不雅照片，
很可能是某些企業為了爭取舊城改造項目而採取的不正當競爭手段，
公安部門正在嚴密偵查，一旦找出責任者，一定會追究其誣衊他人的刑事責任，
同時也會取締相關公司參加競標的資格。

傅華的第一反應是十分震驚，他知道孫守義和林珊珊之間有不倫關係，因此他立即就把照片當做是真的。

他沒想到這兩人這麼不知檢點，不檢點也就罷了，還被人給拍了下來，這可怎麼得了？做這種事怎麼能讓人留下照片呢？

官場上向來有一條不成文的規則，不論私底下跟別的女人有什麼不軌的行為，只要沒有留下證據，就沒有人會去追究，知道事情的人頂多會說你私德不彰。但是一旦這件事進入了公眾的視野，那就不是一件私事，而是涉及到原則的問題了，上面一定會調查相關後續的。

就算最後不追究當事人的責任，當事人也會因為這件事，仕途蒙上陰影。當初曲煒從市長任上被調離就是一個明顯的例子。

孫守義應該知道這一點的，他到海川的那一天就想盡辦法要儘快的升遷，這樣的一個人做事卻這麼不知檢點，別說什麼升遷了，能不能繼續留在海川都很難說了。

傅華又看了看信，發現裏面還有幾張紙，取出來一看，是一封檢舉信，上面檢舉中天集團林董利用女兒出賣色相，迷惑海川副市長孫守義，意圖通過不正當手段謀取舊城改造項目。更內定中天集團為項目的得標者。

傅華看完信，心裏不禁有些困惑，海川市市委和市政府在舊城改造項目上並不同調，現在檢舉人把兩者扯到一起，就很令人詫異了。這是一種不想讓人看出是誰搞的這些照片的欺騙手段？還是根本上就是城邑集團和中天集團之外的第三方勢力搞出來的呢？

傅華本想查問一下別人有沒有收到同樣的信件，可是轉念一想，信都可以發到北京他這裏來了，海川肯定是已經滿天飛了，於是傅華就直接把電話撥給孫守義。

孫守義很快接了電話。

傅華說：「孫副市長，不知道您有沒有看到一封匿名的舉報信呢？」

孫守義愣了一下，說：「傅華，你們駐京辦也接到關於我的舉報信了？」

看來孫守義是知道這件事了，傅華說：「是啊，我早上接到了一封快遞，裏面有幾張您的照片，還有一封檢舉信。」

孫守義心裏罵了一句娘，這幫王八蛋，動作可是夠快的，竟然把事情傳到北京了。

傅華知道從海川發快遞都是夕發朝至，往往是頭天晚上發，第二天就能到，說不定這封檢舉信到自己桌上的時間比到市領導桌上的時間還早呢。

傅華小心地問道：「孫副市長，這是怎麼回事啊？」

孫守義憤怒地說：「什麼怎麼回事，照片是假的，那些動作拍得那麼清楚，拍照片的人一定是在現場，你也不用腦子想想，我能表演這個給別人拍嗎？」

傅華想想也是，孫守義絕不可能表演這些給別人拍的，自己是因爲知道孫守義和林珊珊真的有問題，才被這些照片給迷惑住了。

傅華趕忙說：「我不是這個意思，孫副市長，我只是想問問究竟發生了什麼事。」

孫守義說：「這明顯是一起別有用心的人捏造出來污蔑我的惡性犯罪事件，我已經跟金達市長和張琳書記作了彙報，要求組織對這個事件展開全面的調查，查明事實真相，好還我一個清白。張書記和金達市長對這件事情都很重視，已經分別批示要市公安局立即成立專案小組，查明舉報信和照片的來源，揪出背後的犯罪分子，予以嚴懲。」

傅華說：「既然事情是這樣，孫副市長，你需不需要跟沈姐打個招呼啊，我擔心對方也會把信和照片寄到她那裏去。」

孫守義頓了一下，對手既然已經把信都寄到駐京辦去了，肯定是想儘量擴大這幾張照片的殺傷力，不用說，沈佳肯定也會收到的，便說：「傅華，謝謝你的提醒，我馬上就打電話給沈佳，看看她有沒有收到這些照片。」

「那您趕緊打吧。」傅華說完，就掛了電話。

孫守義拿著手機，並沒有馬上就撥電話給沈佳，他要想一下如何措辭。

沈佳會不會相信這些照片是真的呢？他跟沈佳的關係剛好不久，沈佳會不會因爲這個瘡疤重新又被揭開，而再次遷怒於他呢？

孫守義還在考慮時，他的手機再次響了起來，一看號碼是中天集團林董的，他的頭大了，不用說，照片也寄到中天集團去了，不然林董不會這麼巧在這個時間點打電話來。寄照片的人還真是有點唯恐天下不亂的意味啊，估計所有能想到的人都寄了一份吧。

孫守義頭皮有點發麻，寄給林董林珊珊的裸照，有羞辱林董的意思在裏面，不知道林董現在會不會火冒三丈？再是，林董會不會因此懷疑他跟林珊珊真的有染呢？

不管怎麼樣，這個電話還是得接，孫守義按下了接通鍵，忐忑不安的等著聽林董怒罵的聲音。

「孫副市長啊，我接到一封你的舉報信啊，是不是你也接到了同樣的一封信呢？」林董並沒有像孫守義預想的那樣子震怒，反而語氣平和地說道。

孫守義暗自鬆了口氣，便趕緊說道：「林董你也接到了？你聽我說，那些照片根本就不是真的。」

林董笑了起來，說：「當然不是真的啦，我女兒出生的時候，鎖骨附近有塊胎記，我這個當爸爸的再瞭解不過了，這個照片上的女人身體根本就沒有胎記，一看就知道不會是珊珊了。」

孫守義笑說：「原來是這樣子的啊，這倒省得我還要跟林董解釋了。唉，現在這個社會，有些人爲了利益真是無所不用其極啊。」

林董說：「是啊，這幫傢伙竟然把主意打到了你和珊珊身上，真是卑鄙啊。孫副市長，恐怕這次你在海川那邊不好過吧？」

孫守義無奈地說：「肯定會被人議論一陣子的，不過也無所謂了，身正不怕影斜，過一段時間這個八卦就會消淡下去了。」

林董說：「恐怕我們不能等了，必須趕緊向社會大眾澄清這件事，否則的話，我們中天集團要拿下舊城改造項目就困難了。」

孫守義知道對方之所以搞出這些照片，一定是針對舊城改造項目來的。如果不趕緊澄清事實，中天集團到時得標的話，就更會被認為這一切都是他操縱的結果。

孫守義說：「那林董的意思是要我怎麼做？」

林董說：「這件事情張書記知道嗎？」

孫守義說：「我跟他報告了。」

林董說：「他是什麼態度？」

孫守義說：「看上去好像很惱火，他已經批示海川市公安局，要求公安局儘快查出是誰在背後搞鬼的。」

林董問：「你覺得他是真的惱火，還是裝給你看的？」

孫守義笑了，他想起他拿照片和信給張琳看時的情形，張琳的臉立時變得鐵青，當即就把照片和信拍在桌子上，義憤填膺的罵道：這幫傢伙也太卑鄙了，連這種下三濫的手段都使出來了？

他的表態弄得跟孫守義一起來的金達一頭霧水，金達沒想到張琳會是這個態度，他以爲張琳一定會把矛頭對準孫守義，盤問孫守義究竟做沒做這種事，百般刁難就對了。

沒想到他的態度跟金達想的完全不一樣，甚至連詢問孫守義有沒有真的和林珊珊有曖昧關係都沒問，直接就認定這是有人在揑造事實汚蔑孫守義。金達心想：這個張琳還算不錯，在關鍵時候還是挺有正義感的。

孫守義知道張琳在他面前表現的這麼憤慨，是想要撇清他跟這件事的關係。不然的話，事情傳到白部長的耳朵裏，白部長一定會認爲張琳對他拜託照顧中天集團的事陰奉陽違，那可就要倒楣了。

孫守義便說：「我想是真的惱火了，當時我都覺得他對這件事比我還緊張。」

林董也明白張琳是在擔心什麼，便說：

「那就是說，張書記現在對城邑集團已經失去控制力了，這件事不是他搞出來的。這樣子也好，我們可以讓限他幫我們澄清。現在對我們來說，抓不抓得到背後搞事的人不重要，澄清我們沒有這麼做過才是重要的。原本我還想等過幾天再去海川呢，現在既然發生了這件事，我就帶珊珊跑一趟海川，親自去拜會一下。」

既然林珊珊身上有著那麼明顯的特徵，她來海川，馬上就可以證實那些照片是假造的了，自然舉報信的內容也就不成立了。

孫守義不禁說道：「這幫傢伙這次可能要偷雞不成蝕把米了，現在想想，他們也挺愚蠢的。」

林董笑說：「這幫傢伙豈止是愚蠢，也十分的懶惰，寄到我這裏的信竟然跟寄給領導的那封舉報信一樣，也不換個內容。」

孫守義說：「這幫傢伙只是想給我們造成惡劣影響，根本就沒想過還要更換信的內容，連我們駐京辦也收到了一封一模一樣的信。」

林董雖然知道照片上的人不是林珊珊，但照片已經這麼大範圍內散播了，就算最後他能解釋清楚那人不是林珊珊，肯定有人仍不會相信他的解釋的。

這要是在林珊珊的社交圈子裏傳開來，對林珊珊的名譽肯定會有很大打擊的。這大概也是這幫傢伙爲什麼把照片寄到海川駐京辦的原因之一吧。

這個用心就太險惡了，林董心中真的動了無名火，他覺得商場上雖是無商不奸，但是奸也該有個底線，這個底線就是不要殃及家人，但現在，對方的卑鄙手段已經傷及到他的家人了。

林董便說：「孫副市長，這次他們做的太過分了，是應該給他們一點教訓。你說是你那邊收拾他們，還是我來？」

孫守義聽林董的話音裏有些發狠的意思，知道林董對對方拿他女兒來做文章感到十分的震怒，他也想讓林董派人來海川教訓一下束濤和孟森，林董能經營中天集團這麼大的企業，手中肯定是掌控某些力量的。不過這樣子整個局面就複雜化了。尤其是林董私下如果搞什麼事的話，是很難控制住尺度的，一點事情做過頭，就過猶不及了。

作爲官員，孫守義當然不想看到這種局面，便笑笑說：「林董，稍安勿躁，現在主動權在我們手裏，一動不如一靜，我們目前就見招拆招好了。」

林董有些擔心的說：「可是，孫副市長，這幫傢伙是非拿下舊城改造項目不可的，這一次如果沒得逞的話，他們肯定不會善罷甘休的，我擔心他們玩出更卑鄙的手段來。」

孫守義說：「可是你現在要是對他們有什麼動作的話，會把局面搞複雜的，這對你們爭取項目並不利啊。先忍忍吧，對這幫傢伙我已經做了安排了，我們不要急在這一時。」

林董沉吟了一會兒，覺得孫守義講的不無道理，便說：「那就聽你的吧，好了，有什麼事情，我們等見面了再談吧。」

孫守義經過跟林董這番交談，思路清晰多了，知道該怎麼去跟沈佳談這件事情，就撥通了沈佳的電話。

沈佳接了電話，語氣平靜的說：「找我有事啊？」

沈佳這麼平靜，孫守義反而遲疑了，是不是沈佳並沒有收到照片啊？不過他只遲疑一小會兒，就決定跟沈佳說這件事了。

現在照片在海川肯定到處都是，事情鬧得這麼沸沸揚揚，甚至接下來照片都有可能被發到網上去，沈佳總是會知道的，便說道：「小佳，你有沒有收到一封關於我和林珊珊的檢舉信？」

沈佳一聽到林珊珊三個字，神經一下子緊張了起來，她問道：「怎麼，你們的事情被別人知道了？」

孫守義聽沈佳這麼說，就知道沈佳還沒收到照片，便說道：

「你別緊張，我跟林珊珊的事，除了我們三人之外，現在還沒有別人知道，只是今早海川這邊出現了我和林珊珊在一起的照片，還有一封檢舉信。傅華跟我說，他也收到了一封一樣的信，我就擔心你是不是也收到了這樣子的信。」

沈佳詫異地說：「竟然有這樣子的事？是不是你們以前在一起的時候被人發現了？」

孫守義說：「沒有，你是沒看到照片，你看到照片的話，肯定就知道是假的了。」

沈佳想了一下說：「那我看看我的信件，我剛到辦公室，還沒拆信呢。既然傅華都收到了，我沒有理由沒收到的。誒，這裏有一封海川來的快遞，你等一下，我拆開看看是不是這封。」

孫守義就拿著電話，等著沈佳那邊的反應。

幾分鐘後，沈佳說話了：「我看到了，果然像你說的那樣，不是真的。你們海川還真是有人才啊，能把照片用電腦嫁接成這個樣子啊，要不是我知道你身體上的一些特徵，我都看不出照片是拼起來的。」

沈佳嘆說：「老爺子當初怎麼給你選了這麼一個地方啊，這些人還真是難纏，你在那邊可真要小心些了。這幫傢伙搞出這些照片，肯定是嗅到什麼味道了。如果真的被抓到把柄，不但是你難堪，老爺子臉上也會沒光的。」

孫守義明白這都是因爲他跟林珊珊在北京見面的時候，被人看到的結果，看來今後一舉一動都要更加小心些了。他說：「這一點我心中有數，你放心好了，我跟林珊珊已經沒往來了。」

沈佳雖然確信照片是假的，心情卻沒有輕鬆起來，反而又被扯起了孫守義和林珊珊的舊事，讓她心裏堵得慌，便說：「你好自爲之吧。」就掛了電話。

孫守義知道沈佳雖然沒有怪他什麼，但是提起林珊珊，對他們來說都是一個沉重的話題，他可以感受到沈佳心裏的不愉快，這是壓在他們夫妻心頭的一個沉重的十字架，他們都不想再提起，可是偏偏就有人非要提起，心裏很彆扭，就越發恨束濤和孟森了。

在孫守義說這幾通電話的時候，一直沒人來找，平常可不是這樣子的，孫守義是常務副市長，位置重要，每天上門來請示彙報辦事的人接連不斷，往往都是他還沒到辦公室，等著接見的人就已經不少了。

看到這難得的清閒，孫守義明白外面肯定是議論紛紛，他們猜測孫守義現在的心情肯定很煩躁，這時候找他一定會觸霉頭的，所以就不敢來找他了。

沒人上門來，孫守義心想老是待在辦公室裏也不是辦法，外面的人見不到他，一定會傳說他出了什麼事了，或者是被雙規了，反正一定會謠言滿天飛。他不能自亂陣腳，必須找點事情來做，好出現在公眾的視野中，讓公眾知道他沒事。

正好孫守義手頭在籌備召開海川海洋科技園的研討會，便平靜了一下心情，然後抓起電話撥打起來。

孫守義不好過的時候，張琳也是一樣的。他接到了白部長的電話，白部長在電話裏質問他舉報孫守義的信是怎麼一回事。

張琳聽到白部長的語氣明顯不善，額頭上汗就下來了，趕忙解釋說：

「白部長，這件事，守義同志已經跟我彙報過了，初步看來，信裏的照片都是別有用心的人通過電腦技術合成的偽照，我已經指示公安部門對此展開偵查了。」

白部長聽了說：「原來是這樣的啊，張琳同志，對這件事你可要重視起來啊，一定要查明是誰在背後搞的鬼，守義同志不同於其他幹部，他是中央部委交流到我們東海省任職的幹部，中組部對這些交流幹部在地方上的工作情況一直都很關注，經常會問起他們的，如果被中組部的領導知道守義同志被誣陷，會對我們地方上工作的同志有不好印象的。這不僅影響到你們海川市，還影響到了東海省。我希望你能處理好這件事情，不要讓我們東海省爲此蒙羞。」

白部長雖然沒有點明張琳應該爲這件事情負責，但是話裏話外透出來的意思卻很明顯，張琳趕緊說：「白部長，您放心，我一定會把這件事情搞清楚的。」

白部長說：「最好是這樣子。」就掛了電話。

張琳心裏這個氣啊，差一點就要把手裏的電話摔了。他感覺他就像是風箱裏的老鼠，兩頭受氣。束濤既然已經使出這種下作的手段，就代表他們對他根本就沒什麼顧忌了。這些王八蛋，真當他這個市委書記一點威脅力都沒有了。

不能再讓束濤這傢伙這麼爲所欲爲了，不加以制止的話，他這個市委書記遲早會被這幫傢伙給搞完蛋的。

可是要怎麼做呢？張琳有些爲難。要想一個辦法出來，既不讓束濤得逞，又不傷害束濤太深才行。這種能兩全的辦法，一時之間又要從哪裡去找呢？

張琳正在頭疼著，他的手機響了起來，一看竟是中天集團的林董，那天在白部長那裏他們交換了電話，心說該不會束濤把信也發到中天集團去了吧？

張琳接通電話，笑了笑說：「你好，林董，找我有什麼事啊？」

林董說：「張書記啊，我想去海川拜訪您一下，不知道您有空嗎？」

張琳這時候並不想接待林董，束濤現在已經對他很不滿了，如果再在這個時候隆重接待林董，說不定會更激怒這些傢伙的。

張琳就笑笑說：「這個嘛，我最近事情比較多，您是不是可以過些日子再來啊？」

林董遲疑了一下，說：「是這樣的啊？」

張琳又說：「林董，你如果有事的話，可以在電話上講，一樣的啊，不一定非要見面不可。」

林董說：「是這樣的，張書記，我收到了一份舉報信，裏面有些照片牽涉到你們的孫副市長和小女。」

張琳說：「你說的是這件事啊，我也收到信了，那些照片一看就是假的。如果你是要爲這件事來，那就沒有必要了。我們海川市委和市政府都認定這份舉報信是有人捏造出來的。你放心，我們不會因爲這封信影響到中天集團競標的。」

林董聽出張琳並不想讓他去海川，他不清楚張琳是什麼意圖，是在幫束濤他們敷衍？還是真的不需要他去？

不管怎麼樣，林董還是認爲需要出面澄清一下，便說：

「可是張書記，我倒覺得我真的需要去一趟的，雖然領導們都清楚照片是揑造出來的，但是社會輿論卻不知道啊？我覺得有必要帶著小女去海川證實一下，不然的話，不但小女的名聲有損，也有害於孫副市長的清譽啊。」

張琳婉拒說：「林董啊，你不帶令千金來，我們海川警方也能證實照片是假的，這個就沒必要了。」

林董說：「那需不需要我找家有影響力的媒體發個聲明什麼的，畢竟很多市民往往只會聽信謠言，並不知道這些是假的。」

張琳遲疑了一下，說：「這個嘛……」

張琳迅速地在腦海裏思考著發聲明的利弊，看來似乎並沒有什麼不利的地方，就說道：「這個嘛，倒不是不可以。」

林董說：「可是張書記，如果由我們中天集團來發聲明稿，會不會權威性不夠啊？」

林董把話說到這個程度，張琳心中一下子就明白了，這傢伙繞來繞去，原來是想引著讓他來發這個聲明稿啊，真夠狡猾的。

不過，這也未嘗不是一個很好的思路，發這個聲明稿既可以代表政府方面澄清一下事實，讓束濤他們的陰謀無法得逞，同時也不會太傷害到束濤他們的利益。這倒是個兩全的辦法。

張琳便笑說：「林董啊，我們完全想到一塊去了，我正想跟市政府說，讓他們在官方網站搞個聲明什麼的。」

林董心裏暗自好笑，本來是他引導張琳這麼做的，卻變成張琳跟他想到一塊去了。林董倒也不想跟張琳爭這個功勞，便笑笑說：「這真是英雄所見略同了。」

林董的目的既然達到了，就沒必要非要去海川跟張琳見面了，於是就跟張琳又聊了幾句，就掛了電話。

張琳又權衡了一下發聲明的利弊，認爲這的確是目前能採取的最好的辦法了。便打電話讓金達到他辦公室來一趟。

金達很快就趕了過來，張琳說：「金達同志啊，關於守義同志的那封舉報信的事，我想跟你商量一下要如何處置。」

金達有點困惑的看了看張書記，他搞不明白張琳在這件事情上究竟扮演的是什麼角色，按說，這封信是對張琳和束濤他們有利的，張琳沒有理由這麼積極主動。難道張琳跟孫守義達成了某種默契？如果是這樣，那這形勢就不太妙了。

某種程度上，金達認爲他和張琳以及孫守義是一種三角的關係，每一方都有其背後可以依仗的實力，任何兩方如果結合起來，對第三方來說，都可以擁有絕對的優勢。如果孫守義跟張琳聯合起來，那他這個市長就很可能被兩人聯手架空了。

金達試探地說：「張書記，您的意思想要如何處理呢？」

張琳笑了笑說：「我是這樣想的，要想查清楚這封信究竟是什麼人搞出來的，恐怕需要一些時日，但我們市委市政府可不能就這樣任由這封信的惡劣影響一直持續下去，所以我想我們有必要出面發個公開的聲明，澄清中天集團和守義同志所受到的誣陷。你看呢，金達同志？」

張琳這完全是在幫孫守義了，金達越發糊塗了，難道這裏面有什麼陰謀嗎？他說：「澄清是應該的，只是我們是不是等公安部門查出更多的事實再來做澄清啊？那樣子似乎更可靠一些。」

張琳說：「不能等了，這封信已經寄到省裏領導的手裏了，省裏對這件事很不高興，認爲我們海川市的政風不正，沒有保護好守義同志。我們必須儘快有所行動，好給省裏一個交代。」

這個理由倒是解釋得過去，張琳也許是受到省領導的壓力才這麼做的。

金達說：「那就按照張書記您的安排去做吧，我沒意見。」

於是張琳就安排人在海川市政府官方網站以及海川市日報上發佈了聲明稿，聲明是以海川市舊城改造領導小組的名義發佈的，說不雅照片經過海川市公安局技術鑑定後，確定均是不法分子通過電腦合成出來的，那些指控根本是子虛烏有。爲此，特別發出這個澄清聲明。

聲明的最後，領導小組警告說，之所以會出現這些不雅照片，很可能是某些企業爲了爭取舊城改造項目而採取的不正當競爭手段，公安部門正在嚴密偵查這封信的製造者究竟是誰，一旦找出責任者，一定會追究其誣衊他人的刑事責任，同時也會取締相關公司參加競標的資格。

聲明的最後部分是張琳特別要求加上去的，目的是想警告束濤，不要再來搞什麼事了，再亂搞，他會讓束濤很難堪的。

聲明稿發出去之後，張琳又向白部長作了彙報，同時承諾，他會繼續關注這個案件。白部長知道張琳做到這個程度也算是可以了，他也不想過於爲難張琳，畢竟張琳在東海省也有著一定的影響力。於是對張琳的做法表示認可，讓張琳總算是過了這一關。

束濤看到聲明稿，差一點被氣炸了，聲明稿最後的部分在他看來，就等於是說這一切都是城邑集團搞出來的不正當競爭手段，因爲目前參加競標的公司，有實力的公司除了中天集團之外，就是城邑集團了。說有人搞不正當競爭，不是城邑集團又會是哪個呢？

這等於是封殺了城邑集團競標成功的機會了。這個張琳真不是個東西，他不幫自己也就算了，反過來卻狠狠地踹了他一腳。

束濤就抓起電話打給張琳，開口就說：「張書記，您還真是不留情面啊，非要跟我對著幹嗎？」

張琳也不滿地說：「束濤，你現在真是越來越出格了，這麼下三濫的招數你也使得出來啊？你究竟想幹嘛啊？你要知道你是一個商人，不是跟孟森一樣的流氓。」

束濤冷笑說：「不是吧，張書記，您這是在教訓我嗎？您做的事就不下三濫了？是誰幫我把項目從孫守義手裏拿出來的啊？是誰爲了對付孫守義，讓我幫他運作海川公安局局長的人選的？又是誰擔心金達奪了位置，想盡辦法去對付金達的？這個時候你又跟我來正人君子那一套了，省省吧。」

張琳質問說：「束濤，你這是什麼意思啊，你真的打算跟我翻臉嗎？你怎麼就不能體諒我一下呢？我現在受到了上面很大的壓力，你再這樣子胡搞下去的話，我一定會跟著你倒楣的。」

束濤說：「我是可以體諒你，但是誰能體諒我幾千萬的損失呢？這件事本來您硬一下就可以扛過去的，可是你偏偏怕東怕西的。你以爲你幫了他，人家就會感激你嗎？人家心裏這會兒估計正在偷著笑你軟蛋呢。」

張琳聽了說：「束濤，我有跟人家硬的本錢嗎？你弄那麼些假照片出來搞孫守義，你以爲就能搞得動人家嗎？人家是中央部委交流任職的幹部，真要因爲這件事受了處分，中組部是會調查的。你呀，做事怎麼也不動動腦子啊，你這麼做，除了讓我難堪之外，還會有什麼效果啊？孫守義那邊倒是真的會偷笑，不過他不是偷笑我，而是笑你愚蠢呢。你不會以爲我倒臺了，你城邑集團在金達手裏就有好果子吃吧？」

張琳接著說道：「束濤，你這樣子胡搞瞎搞的，結果只能是你和我都完蛋。大家畢竟朋友一場，難道你就不能聽我一次嗎？」

他最後這句話已經有些哀求的意思了，束濤便有些不好意思，城邑集團能有今天這種局面，張琳確實也幫了他很大的忙，他這次是有點逼得他太狠了一點，便說：

「張書記啊，您應該知道我本來對這個項目是志在必得的，爲了爭取這個項目，我付出了那麼多，許多本來可以不做的事，爲了這個項目我也去做了，您就這麼讓我放棄，我公司承受不了這麼大的損失的。」

張琳說：「我知道，這一次我是讓你吃虧了，以後我再想辦法補償你不行嗎？」

束濤說：「我現在是騎虎難下，這裏面不光有我的公司，還有孟森的公司，我答應孟森的條件如果兌現不了的話，孟森不會讓我好過的。」

張琳勸說：「可是除非中天集團本身有問題，不能參與競標了，否則的話，這個項目就一定是他們的了。」

束濤頓了一下，他發現張琳的話似乎有機可乘，便說：「張書記，您剛才說除非中天集團自己出問題，如果我能讓中天集團出什麼足以影響競標的問題的話，是不是我們城邑集團就還有爭取這個項目的可能？」

張琳不解地說：「你什麼意思啊？」

束濤說：「我沒什麼意思，這話是你剛才跟我說的嘛。」

張琳猶豫了一下，他並不是鐵了心要去幫中天集團，只是迫於白部長的壓力才不得不這樣做。如果中天集團真的出什麼問題影響到競標的話，那就是中天集團自己的問題，而非他不幫忙，想來白部長也不能怪他什麼的。

張琳便不置可否地說：「束董，你是聰明人，有些話你自己去琢磨吧。好了，我還有事，掛了。」

張琳掛了電話之後，束濤腦子開始轉了起來。張琳已經暗示他，如果中天集團出現什麼問題的話，他還是有機會獲得舊城改造項目的，但是要如何找到中天集團的問題呢？

束濤把前段時間托朋友搜集來的中天集團的資料拿了出來，開始認真地研究起來。

從資料上看，中天集團是一家有著輝煌戰績的地產公司，早年就是靠舊城改造項目起家的，隨著經濟形勢大好的東風，迅速發展壯大，很快構建起一個相當具規模的企業帝國，並把總部遷到了北京。在北京，仍然延續他們以往兇悍的作風攻城掠地，甚至一舉拿下了地王，震驚了北京的地產界。

至於中天的掌門人林董，資料上說他是一個背景很複雜的人物。傳說紛紜，有人說他是香港某地產鉅賈早年遺留在大陸的血脈，開放後，他在香港的親人找到了他，給了他很大一筆資金作爲補償，他就以這筆錢作爲起步資金，大搞房地產。

但也有人說，根本就沒什麼香港的富豪家族，這個林董根本是一個農村出來的包工頭，是靠包工程賺了一點錢之後，開始買地搞房地產開發，才有了今天的局面。束濤基本上傾向認爲這個林董是包工頭出身，跟他一樣，也是一點一點累積起今天的財富的。

這樣一個成功來之不易的企業家，爲什麼會對海川市舊城改造項目這麼感興趣呢？他應該知道他一個外來者要跟本地企業爭奪這個項目是沒有什麼優勢的，特別是對手是像城邑集團這種得到市委書記支持的公司。

但是林董並沒有退縮，先是聯合了天和房產，又找到了省委的組織部長，這麼不惜代價，目的只有一個，就是非要拿下海川這個項目不可。

這個項目對中天集團真的這麼重要嗎？林董究竟是看中了這個項目的那一點了呢？按說，就算是這個舊城改造項目可能獲利巨大，也不至於讓中天這麼不惜代價也要得到的程度啊？

中天集團跟他的城邑集團有很大不同，城邑集團只立足於海川，業務可以開展的範圍很窄，中天卻是立足北京，視野廣闊，機會多的是，海川這邊不行的話，可以尋找別的二三線城市發展啊。

除非中天集團有非拿下這個項目的理由，束濤覺得這個理由就是中天集團最大的弱點，如果能找到這個理由的話，他也就找到擊倒中天集團的武器了。

束濤一邊翻著資料，一邊思索著。

最後，束濤的眼睛停在中天集團正在運作上市的資料上。資料說中天集團目前正在運作在A股上市，目前已經進入到關鍵階段。

看到這裏，束濤的心裏一下子敞亮了，他明白爲什麼中天集團這麼看重舊城改造項目了。這並不是因爲中天集團看好舊城改造項目盈利的前景，而是中天集團包裝上市的題材不夠，需要用這個項目把中天集團包裝的更加漂亮。不然中天集團不會還要在上市這麼關鍵的時刻，分心來爭奪舊城改造項目。

束濤又注意的看了一下幫中天集團運作上市的投行的名字，要對付中天他可能需要從這家投行入手。

束濤心裏觸動了一下，作爲一個成功的企業家，對市裏很多官員的背景，他都很清楚。傅華雖然級別不高，但是從他去了駐京辦之後，對市裏面的影響不但沒有減弱，反而因爲跟幾任市領導關係密切更強了，所以束濤對他的情況很留意。

他印象中，傅華的岳父叫做鄭堅，在一家北京的投行工作，是個很厲害的角色。那家投行好像就是這家幫助中天集團運作上市的投行。

爲了確認這個情況，束濤打電話給他北京的朋友，讓他幫自己落實一下運作中天集團上市的那家投行裏，是不是有一個叫做鄭堅的人。朋友很快就幫束濤查清了，確實有鄭堅這麼一個人，還是幫助中天集團運作上市的一個主要角色。

束濤接到回報，心裏馬上就有了主意，他決定去一趟北京，找傅華跟這個鄭堅接觸一下，看看能否從鄭堅那裏挖到什麼資料。

束濤知道傅華跟丁江關係密切，而鄭堅又是運作中天上市的重要人物，可能都不會被收買。但是這並不代表鄭堅身邊的人不會被收買，這趟北京之行還是很有必要的，所以臨行前，他調了一筆現金帶在身邊，準備一旦有機可乘，就立馬收買鄭堅身邊的人，想辦法拿到中天集團真實的財務資料。

見到突然跑到海川大廈入住的束濤，傅華有些意外。他跟束濤雖然認識，卻沒有什麼往來，他知道束濤跟丁江之間有瑜亮情結，因爲他幫助丁江的天和房產公司上市，束濤對他一向很冷淡，基本上城邑集團的人員出差到北京，都不會入住海川大廈的。

對此，傅華並沒有當回事情。人在社會上混，總是會莫名其妙的被列入某一派的陣營，也就必然會有人因此對你友好，有人對你嫉恨，這是一種無法改變的狀況。

傅華並不因爲束濤被他歸類於丁江一個陣營的，就把束濤也當做自己的敵人，他打招呼說：「什麼風把束董吹到我們海川大廈來了？」

束濤笑說：「傅主任，你這麼說可就不對了，海川駐京辦是我們海川人在北京的家，我來北京，怎能不入住自己的家呢？怎麼，不歡迎我來啊？」

傅華暗自覺得好笑，這些年你不知道來北京多少次了，那一次住進自己的家了？他便笑笑說：「我怎麼敢不歡迎束董呢，你可是我們海川數得著的巨富，我還希望你多關照呢。」

束濤說：「你這就不實在了吧？傅主任身在北京，什麼樣的高官巨賈沒見過，眼皮裏哪還看得到我們城邑集團那點小小的資產啊？」

傅華笑說：「我見過，又不代表我自己有。這次束董進京來，是準備做什麼啊？」

束濤說：「說起我這次來的目的，可能就需要麻煩傅主任了。還希望傅主任能夠幫我這個忙啊。」

傅華說：「束董有話直說好了。」

束濤笑了笑說：「是這樣子的，你也知道前段時間我運作過城邑集團上市的事，不幸的是，我的運作能力不夠，沒能運作成功。」

傅華一聽束濤是爲了公司上市的事，估計束濤是因爲他運作天和上市成功才來找他幫忙的，就笑笑說：「不好意思啊，束董，不是我不幫你這個忙，而是當初我找的那個朋友現在已經離開證監會了，我是心有餘而力不足了。」

束濤說：「你先別急著拒絕我啊，你聽我說完好嗎？」

傅華說：「你說。」

束濤解釋說：「是這樣子的，現在我有重啓城邑集團上市的計畫，想找一家不錯的投行幫我運作這件事，聽說你岳父是一家投行的高管，你能不能幫我這個忙，介紹我認識他一下啊？」

傅華愣了一下，他沒想到束濤是衝著鄭堅來的，這個忙他倒不是不想幫，而是目前他跟鄭堅的關係很僵，已經有段時間沒有聯繫了，這個時候讓他介紹束濤跟鄭堅認識，他無法開這個口。就算他勉強開這個口，鄭堅的個性也很可能直接打他的回票的。

傅華有點尷尬的說：「你來的時機真是不巧，我和我岳父最近一段時間關係很差，這時候我不好幫你引薦的。」

束濤聽了，臉上有點掛不住了，覺得傅華是故意跟他爲難，便說：「傅主任，你不會連這麼點面子都不給我吧？城邑集團也是海川的企業啊，你可不能厚此薄彼啊！」

傅華知道束濤誤會他了，以爲他不想幫忙，便苦笑著說：

「束董可能認爲我是在搪塞你，但是我說的是事實，我最近跟我岳父真的鬧得很僵，我如果跟他講你要他幫忙，他很可能會直接拒絕的。要不這樣，束董，你先回海川，等我和我岳父關係和緩些你再來，好不好？」

束濤心想：我現在可沒時間等你，拖下去，舊城改造項目就招完標了，我再找你岳父一點用處都沒有了。不過看樣子傅華並沒有說假話，便說道：「這件事我很想早一點辦，你能不能想想辦法啊？」

傅華知道跟鄭堅的矛盾不是一兩句話就可以解決的，也不是他去跟鄭堅賠不是就能和好的，更何況他還不想低這個頭；如果低這個頭的話，鄭堅一定又會取笑說你這小子有求於我了，才會低聲下氣的。

傅華不想被蔑視，便搖搖頭說：「現階段我真的沒辦法幫你，你是不是再想想別的管道看看？」

束濤沒有預料到會是這種狀況，原本他還以爲傅華一定會帶他去見鄭堅的，現在看來他的設想要落空了。但是時間緊迫，束濤不能回去等傅華的消息，便說道：

「我還要在北京待幾天，你想想辦法，我也找找別的關係，我們一起努力好不好？」

傅華雖然心知無望，但也不好太過拒絕束濤，便說：「我盡力吧。」

第十章

葫蘆裏的藥

丁江聽了說：「是這樣啊，這傢伙葫蘆裏究竟賣的什麼藥啊？我有點看不懂了，老弟，你覺得他究竟是想幹什麼？」

傅華說：「這幾天也沒看他有什麼動作，就是出去見了幾個朋友，我也不知道他這次目的究竟是什麼。」

束濤就去了他入住的房間，傅華在他身後若有所思，他很懷疑束濤這次來北京的真實意圖。

現在海川那邊為了舊城改造項目正鬧得如火如荼呢，孫守義的豔照事件風波剛剛平息，束濤就來到北京，他是真的來諮詢公司上市的事嗎？難道他已經徹底放棄舊城改造項目了嗎？

應該不會吧，他既然連偽造豔照這種低級的事都做得出來，說明他對這個項目是必欲得之的，應該沒這麼輕易就罷手。

傅華撥了丁益的電話，想跟丁益說一下，問丁益怎麼看這件事情。

丁益很快接了電話，說：「找我什麼事啊，傅哥？」

傅華說：「你猜我剛才看到誰了？」

丁益笑說：「你在北京，我在海川，我怎麼知道你看到誰了？」

傅華說：「我看到束濤了，他入住海川大廈了。」

丁益並沒有把這當回事情，說：「是嗎？束濤跑北京去啦。」

傅華說：「丁益，你們的對手跑我這裏來了，你好像一點都不緊張啊？」

丁益笑了起來，說：「我緊張什麼啊？這傢伙剛剛搬石頭砸了自己的腳，這陣子估計是因為他們已經爭取不到舊城改造項目，所以躲到北京散心去了，我緊張他幹什麼啊？」

傅華知道市裏面剛剛幫孫守義和中天集團發了澄清的公告，束濤等於是敗了一陣，但是丁益據此就認爲束濤爭取改造項目沒戲了，似乎也有點太樂觀了一點，便說：「你是不是太輕視束濤了？他一手創辦了那麼大的一個企業，會因爲一點挫折就躲出去散心嗎？我看不會。」

丁益說：「傅哥，有些事情你不知道。這次林董找到了省委組織部白部長，白部長特地找了張書記說了這個項目的事，張書記已經答應林董會把改造項目交給中天集團和天和地產來開發。這下子你知道爲什麼束濤會搞出那個什麼豔照事件來了吧，他就是看到事情無望了，才狗急跳牆的。結果反而激怒了張書記，他才用那麼嚴厲的語氣發了澄清公告，警告束濤不要再玩這些花招了。束濤現在不是受了一點挫折，而是一敗塗地了。」

丁益這麼說倒是能解釋束濤爲什麼突然跑到北京來了，他也許真是看舊城改造項目沒戲了，才把視線轉到城邑集團上市的事上來的吧？

不過傅華心中隱隱感覺事情好像並不這麼簡單，在他看來，今天束濤的情緒並沒有什麼沮喪，相反，他覺得束濤還是鬥志昂揚的。

傅華便提醒丁益說：「丁益啊，事情沒到最後的結果之前，很難說誰勝誰敗的。」

丁益不以爲意地說：「現在我看不出來束濤還有什麼反敗爲勝的機會，以前是有張書記幫他，現在連他都得罪了，他想不敗都不可能了。誒，傅哥，他沒說去你那兒幹什麼嗎？以前不是城邑集團的人都不去海川大廈住的嗎？」

傅華說：「他說想找鄭莉的父親詢問一下上市的事，我應該告訴過你鄭莉的父親是做投行的。」

丁益聽了說：「你看吧，若不是因爲舊城改造項目沒戲了，他又怎麼會轉過頭去想幫城邑集團上市呢？其實這是他逃避的藉口，他很清楚城邑集團想要上市也是難上加難的，也許就是找個藉口跑趟北京罷了。」

傅華卻沒那麼樂觀，說：「丁益啊，你是不是把束濤看得太弱了？你這樣可有點不太好啊，什麼時候都不能輕視你的對手的。」

丁益笑說：「傅哥，你也太謹慎了吧？他現在確實是敗陣了啊？」

傅華說：「我不知道他是不是敗了，不過，我總感覺這件事有不對勁的地方，束濤這些年因爲我跟你們丁家的關係，對我很不友善，怎麼會在目前這個狀況下來找我呢？難道他想讓我看他的笑話嗎？這不合邏輯啊。」

丁益說：「也許是只有你能幫城邑集團運作上市，所以不得不低下頭來求你了？」

傅華見丁益始終沒把他的話當回事，也就懶得跟他談下去了，便說：「我不覺得他是真心想要求我的，好啦，我就是提醒你一下罷了，就這樣吧。」

丁益也沒什麼要跟傅華談的，兩人就道了再見，掛了電話。

掛了電話後，傅華決定不要再去管這件事了，原本他還想要通過劉康，讓束濤能夠跟鄭堅接觸一下，現在他覺得這件事有些蹊蹺，便決定多一事不如少一事了。

住在海川大廈的束濤並沒有從傅華那邊得到進一步的消息，知道要和鄭堅接觸上似乎不太可能，他需要另找管道了，便去找了他北京的朋友。

這個朋友也是搞地產行業的，不過並不是開發商，而是一個地產行銷商，名字叫仇冰，開了一家地產顧問工作室，是搞地產行銷策劃的。

束濤跟他合作過一個案子，很成功，仇冰從束濤那裏拿到了一筆不菲的傭金，雙方就此建立了良好的友誼。

束濤見到仇冰，說：「仇總，這次需要你幫我一個忙了。」

仇冰笑說：「束董，你這話就見外了，你和我是什麼關係啊，想要我幹什麼直說。」

束濤說：「你也知道我現在在跟中天集團爭一個項目，我很想多瞭解一下中天集團的情況，你能不能找個機會安排我認識一下中天集團的人啊？」

仇冰想了想說：「正好後天就有一個朝陽區的土地推介會，這次要放出來的地塊很不錯，北京像樣的地產商都會參加，估計中天集團也會有人與會的，要不你跟我去，我想辦法找人幫你引薦一下？」

束濤高興地說：「那就麻煩你了。」

過了兩天，仇冰把束濤帶到了土地推介會上。

進入會場後，束濤就看到一個大型的建物模型，上面高樓林立，一片輝煌的景象。會場四周都是一些土地規劃招商項目的展示，讓人有目不暇接之感。

束濤對仇冰說：「北京的案子這麼多，那個中天集團也不知道中了什麼邪了，非要跑去海川跟我爭。」

仇冰笑說：「項目是很多，不過這些建案都需要巨額投入的，不拿出幾十個億，很難將其收入囊中。中天集團剛拿下一個地王，短時間內很難再在北京拿到什麼像樣的地塊了，轉戰二三線城市，也是比較明智的選擇。」

會議開始的時候，會場上已經坐滿了人，束濤暗自感嘆，北京不愧是首善之都，地價這麼高，還有這麼多的地產商踴躍的來拿地，可見有實力的商人真是不少啊。

仇冰指了指坐在前排的中天集團的人，束濤看到林董並沒有出現，鬆了口氣。他不想在這裏跟林董碰面。

據仇冰說，中天集團來參加會議的兩個人是銷售經理和財務經理，束濤聽說其中一個姓藍的男人是財務經理，心中不禁暗喜，這個財務經理正是他想要收買的人，不由得就多看了那人幾眼。

那個人一副斯文的樣子，白淨面皮，可能因爲中天集團是一家實力雄厚的公司，讓人感覺他有一種優越感。

會議正式開始了，一個副區長講了話。這些官員們講話通常都是一種官八股，什麼形勢一片大好，什麼機遇和挑戰啊，反正一句實在的話都不說，空的虛的卻一套接著一套。這個副區長低著頭照著講稿在念，一點創意都沒有，讓東濤更加感覺乏味，幾乎都要把東濤給催眠過去了才結束。會場上響起了掌聲，這才讓東濤多少打起一點精神。

緊接著是對土地專案的視頻說明，說明完，才開始自由觀摩。來賓們紛紛站了起來，相互交談，參觀流覽著自己心儀的目標。

東濤也站了起來，但他並沒有急著去跟中天集團的人接觸，中天集團來的兩個人現在沒有分開，這時候他不方便去跟他的獵物有什麼接觸，不然那個銷售經理很可能會把他接觸財務經理的事情跟林董說，那樣說不定會讓林董提高警惕，他再想竊取什麼財務資料，就幾乎是不可能的了。

等了一會兒，東濤看到那兩個人分開各自去找朋友交談去了，便走到那個財務經理的身邊，笑著說：「您就是大名鼎鼎的中天集團財務經理，藍經理吧？」

藍經理愣了一下，客氣地說：「您是哪位？我們認識嗎？」

東濤笑了笑說：「我們不認識，不過馬上就會認識了。」東濤說著，遞了一張名片給藍經理。

藍經理接了過來，看了看上面的名字和公司，面色一下子沉了下去。

他雖然沒見過束濤，可是公司最近一直在跟城邑集團爭奪項目的事他是知道的，現在城邑集團的董事長就站在他的面前，這可是公司的對手啊。

藍經理倒也沒怎麼慌張，看了看束濤，說：「你這是什麼意思啊？」

束濤笑笑說：「我什麼意思？我沒什麼意思啊，我就是來看一下這個土地推介會有沒有我們城邑集團能做的項目啊？正好碰到了您，就想認識一下啦。雖然我們兩家存在競爭關係，可是那是兩家公司的事情，您不用這麼緊張吧？」

藍經理說：「束董真是宏圖大略，竟然把觸角伸到北京來了。」

束濤搖搖頭說：「這些項目投資金額都太大了，我們城邑集團可比不上你們中天集團那麼財大氣粗，對這些項目只能看看而已了。」

藍經理笑了起來，自豪的說：「束董，在北京發展是要靠實力的，這一點我們中天集團是要比你們強很多的。」

束濤笑笑說：「那是，那是。」

藍經理就不再跟束濤講話了，繼續他的參觀行程，束濤並沒有離開，而是不遠不近的跟著藍經理。

藍經理有點警覺了起來，他看了看束濤，說：「束董，你還有什麼事情嗎？」

束濤笑笑說：「是這樣子的，我研究過你們公司，心裏對中天集團這些年幾何級數的增長十分佩服，這裏面當然離不開您藍經理的功勞了，就很想跟你交個朋友，怎麼樣，有時間的話，找個地方聊聊？」

藍經理瞅了束濤一眼，說：「束董啊，我們兩家目前可是敵對狀態，我不知道在這種狀態下還有什麼可聊的。對不起了，無法奉陪。」

藍經理說完，就轉身離開了，把束濤給晾在那裏。

束濤並沒有因此惱火，他知道這個藍經理對他一定有著很高的戒備心，想要就這樣貿然的就把他約出來，幾乎是不可能的事。因此，束濤也沒想藍經理會答應他的邀請。

他今天來這裏，只是想找一個可以切入中天集團的點，現在這個點找到了，還比預想的要好很多，他此行的目的就算已經達到了。

出了會場後，束濤問仇冰，有沒有機會能約藍經理出來玩。仇冰說：「我跟這個人不是很熟，想要約他，恐怕需要費點周折。」

束董拜託說：「那你就費點周折幫我把他約出來吧，我必有重謝。」

仇冰說：「那我就要找另外一個朋友了，中天集團的貸款都是經過他辦理的，他約藍經理出來，藍經理一定會出來的。」

「這樣，你就跟你朋友說，你想跟中天集團建立業務關係，讓他把藍經理給約出來，好好的玩一次，到時候你這樣……」束濤面授機宜說。

仇冰笑了，說：「這個我可以辦得到的。」

束濤說：「那我等你好消息了。」

駐京辦。

傅華接到丁江的電話，丁江開口就問道：

「老弟啊，我聽丁益說，束濤去了你那兒了？」

丁江果然是比丁益老道，聽丁益跟他講束濤去北京駐京辦的事情後，馬上就覺得事情不簡單，因此才會打電話給傅華詢問狀況的。

傅華說：「是啊，丁董，他現在還住在海川大廈。」

丁江說：「丁益說束濤想要你幫他找你岳父運作上市的事，他留在海川大廈不走，是不是你打算幫他了？」

傅華說：「丁董，我可沒這個意思。我總覺得這次束濤來我這兒，並不是真的要我幫他運作公司上市的事的。」

「哦，怎麼說？」丁江問道。

傅華說：「你看他到北京也有幾天了，除了入住的那一天來我的辦公室一次，就再不見人影了，似乎他對我能不能安排他接觸我岳父並不十分的在意。」

丁江聽了說：「是這樣啊，這傢伙葫蘆裏究竟賣的什麼藥啊？我有點看不懂了，老弟，你覺得他究竟是想幹什麼？」

傅華說：「這幾天也沒看他有什麼動作，就是出去見了幾個朋友，我也不知道他這次目的究竟是什麼。」

丁江越發有些困惑了，說：「真是邪門了，這時候他跑北京弄這麼一齣，算是怎麼回事啊？我有點不好的預感，這傢伙一定是想要搞什麼鬼，他可不會專門跑到北京會朋友的。傅華，這幾天你幫我留意一下，有什麼風吹草動，趕緊跟我聯繫，好嗎？」

傅華也覺得束濤的行爲有些詭異，他也擔心丁江父子被算計了，就說：「行，我會留意的。」

傅華找到了束濤的房間，敲了敲門，想拜訪一下束濤。一來束濤去過他辦公室，不回訪一下，似乎禮貌上說過不去；另一方面，他也想看看束濤這幾天究竟在幹什麼。

門開了，束濤看了看傅華，說：「是傅主任啊，進來吧。」

傅華就走進房間，問說：「怎麼樣，束董，在海川大廈住的還習慣嗎？」

束濤笑說：「不錯啊，傅主任，這裏的質素很好，讓我感覺很舒服。怎麼樣，你跟你岳父談了我那件事情沒有？」

束濤其實已經對傅華不抱希望了，但還是必須要問一下，不然的話，傅華對他這次來北京的真實意圖會起疑的。

傅華搖了搖頭，說：「不好意思，束董，恐怕我是很難幫你這個忙了。」

束濤笑說：「應該說不好意思的是我，是我讓你爲難了。好了，這件事情你不要管了，我想辦法找找別的投行好了。」

傅華說：「束董現在有門路了嗎？」

束濤看了傅華一眼，他懷疑傅華是來探他的虛實的，便笑笑說：「一個朋友正在幫我接洽呢，所以我還需要在你這裏多住幾天。」

傅華笑說：「住多少天我都歡迎啊，有什麼感覺不好的地方也可以直接來找我，我會讓他們改善的。」

束濤說：「不需要了，已經挺好的。」

傅華跟束濤本來就不是很熟，聊完這些，兩人都有些沒話題可說了。稍稍冷場了一下，傅華便告辭離開了。束濤看著他進了電梯，這才回了房間。

關上房門後，束濤臉上的笑容馬上就消失不見了，他在傅華面前表現得很平靜，實際上他內心是很煩躁的。

束濤心裏清楚，想要在這麼短的時間內找出一家大企業的致命弱點談何容易啊？這次他來北京，實際上是抱著碰運氣的想法的，目前似乎進展得還不錯，通過仇冰，接觸到了中天集團的財務經理，但是會不會一切都按照他的設想去進行，還是一個未定之數。

時間一分一秒的過去，競標的日子日漸臨近，如果不能在開始競標前把藍經理搞定，束濤就只能接受失敗的命運了，這怎麼能讓他不心焦呢？

但是焦躁是沒有用的，束濤現在只能期待老天爺在這麼短的時間內，給不給他這個機會了。

傅華離開束濤的房間，回到自己的辦公室，一進門就看到湯曼在裏面。

湯曼表明來意，說：「傅哥，我是來替我哥跟你道歉的，那天他不該打你，他當時太衝動了。他也想當面跟你道歉，不過呢，他最近比較忙，沒有時間過來，所以就讓我代他跟你道歉了。」

傅華笑說：「小曼啊，你不用替你哥掩飾了，他如果真的想道歉的話，一個電話就可以了，不需要讓你替他來的。」

湯曼有點尷尬的說：「傅哥，你看出來啦？」

傅華說：「是啊，你哥是什麼樣的人我還不清楚嗎？他即使明知道自己做錯了，也不會低頭道歉的。」

湯曼說：「傅哥，還是你大人大量，我跟我哥解釋過那天的情形了，這幾天我一直想說服他來跟你道歉，可他就是板著個臉，不肯說他打錯了，弄得我也沒辦法了。真是對不起啊。」

傅華說：「好啦，你不用覺得這麼不好意思，我不會把你哥打我的事記在心上的。再說，我當時是幫你，也不是幫你哥，現在確實幫到了你，其他就無所謂了。」

湯曼感激的伸出手去握住了傅華的手，說：「傅哥，你人真是太好了，我都不知道該怎麼說才好了。」

傅華看湯曼有點忘情，趕忙將手從湯曼手裏掙脫開，恰在這時，趙婷推門走了進來，看到傅華跟湯曼之間的舉動，她的臉色馬上沉了下來。

本來她是想來跟傅華談John的事，看到傅華正跟一個性感美女大搞曖昧，就有點不高興了，想到自己被John纏住不放，日子難熬，傅華卻躲在這裏風流快活，心裏自然很不平衡，便惱火的說：

「傅華，你倒挺會玩的啊，關著門跟小女生拉拉扯扯的，很享受啊。」

湯曼不認識趙婷，也不知道這個闖進來的女人跟傅華究竟是什麼關係，看趙婷一來就訓斥傅華，便不高興的說：

「你這個人怎麼回事啊？你懂不懂禮貌啊？進門怎麼也不知道敲門？」

趙婷被氣得笑了，說：「小女生還挺衝的啊，傅華，這是你的情人吧？你出息了，竟然敢瞞著鄭莉養小三了。」

湯曼聽趙婷竟然把她當做了傅華的小三，不由得就火了，指著趙婷罵道：「你是哪裡冒出來的野女人啊，進門就胡咧咧，你說誰是小三啊。」

傅華在旁邊一直想插嘴卻插不進去，看兩人越說越離譜，趕忙大叫一聲：「好啦，你們每人都少說一句好不好？」

傅華發話了，趙婷和湯曼都閉上了嘴，不過還是對對方怒目而視。

傅華從辦公桌走到兩人中間，說：「小婷，剛才不是你想的那樣子。來，我給你們介紹，這位是趙婷，是我前妻；這位是湯曼，是小莉的朋友。」

湯曼愣了一下，驚訝的說：「這就是你前妻，那個通匯集團的千金？」

湯曼因為湯言追求過鄭莉的緣故，對鄭莉的情況很瞭解，自然對傅華的情形也很清楚，知道傅華前一次的婚姻狀況。

趙婷沒想到湯曼對傅華這麼熟悉，竟然連傅華離過婚，前妻是誰都知道，就冷笑了一聲，說：「你對傅華的底摸得挺透的嘛，看來糾纏傅華也不止一天兩天了。」

湯曼臉紅了一下，趙婷老是把她說成是傅華的情人，讓她既羞且惱，便說道：「你嘴巴放乾淨一點，誰糾纏傅哥了？你這個女人這麼刁蠻，難怪傅哥會跟你離婚呢。」

傅華夾在兩個女人中間，心說這兩個人都是刁蠻得可以，他不能放任兩人衝突下去，就擋在兩人中間，說：

「好了，你們倆別吵了，小曼，你如果沒別的事的話，就先回去吧。」

湯曼瞅了趙婷一眼，說：「不行，我不能回去，這個女人不說清楚憑什麼說我是小三，我就不走。」

趙婷笑了，她對湯曼說她刁蠻也很不高興，便說：

「手都跟他握到一塊去了，還說不是小三？要不是我恰好進來，還不知道你們接下來會幹出什麼好事來呢？」

趙婷一副認定傅華和湯曼之間有曖昧的樣子，傅華急叫道：「小婷，你別瞎說好不好，我跟小曼只是朋友，不是你想的那種關係。」

趙婷卻不相信，反駁說：「我瞎說？我親眼所見怎麼會是瞎說！小曼小曼的叫得多親熱啊，你不要告訴我；你們的手是正好碰在一起的。」

湯曼說：「你這個女人想法怎麼這麼齷齪啊？我是握了傅哥的手怎麼了，我當時只是覺得傅哥這個人很好，就握了他的手一下，又沒幹別的，你憑什麼誣賴我是小三啊？」

趙婷冷哼了聲說：「是啊，他這個人太好了，你對你做什麼好事了？現在手握到了，

接下來是不是要以身相許啦？」

傅華看趙婷越說越不像話了，便大叫道：「小婷，你給我閉嘴。你把我和小曼想成什麼了？小曼你剛認識，可能你還不瞭解，但我你還不瞭解嗎？我會是那麼做的人嗎？」

趙婷並沒有被傅華嚇到，她瞪著眼睛看著傅華，說：「你那麼兇幹什麼？你以爲你幹不出來啊？當初你也是在駐京辦的辦公室把我弄到手的，這些你都忘了嗎？」

傅華真是一個頭兩個大，拿眼前這兩個女人一點招數都沒有，再繼續讓兩個女人留在這裏，局面就很難收拾了，便不去搭理趙婷，轉過身對湯曼說：「小曼，你給我個面子，就先回去吧，改天我給你道歉，行嗎？」

湯曼看傅華哀求的樣子，知道再留下來，只會讓傅華爲難，便說道：「傅哥，我走就是了。」

湯曼氣哼哼的離開了，趙婷感覺占了上風，也沒去阻攔，只是站在那兒冷冷看著傅華。傅華關上了門，回到辦公桌那裏坐下，看了看還站著的趙婷，苦笑說：「姑奶奶，請坐吧。」

趙婷就去傅華對面坐了下來，說：「攪了你的好事，讓你很不爽了吧？」

傅華知道跟趙婷一時半會兒也解釋不清楚，索性也不去解釋了，看了一眼趙婷，說：「你來找我幹嘛？」

趙婷說：「廢話，我來找你幹嘛，你心裏不清楚嗎？」

傅華被趙婷鬧了這一場，心裏也很惱火，便說道：「我清楚什麼啊，你跟John之間的爛事我搞不清楚。我拜託你了小婷，我們已經離婚了，就不要再拿你跟John的事來煩我了好不好？」

趙婷直直的看著傅華，說：「傅華，你怎麼可以對我這麼兇呢？是不是我惹惱了你的小情人，讓你不耐煩了？」

傅華看趙婷還拿湯曼當他的情人，越發的煩躁，便一拍桌子叫道：「你怎麼這麼纏夾不清呢，跟你說了不是那麼回事了，你再這麼說，別怪我趕你走啊。」

「你……」趙婷看傅華一副惡巴巴的模樣，聯想到最近自己這段時間過得十分不順，不由得哽咽起來。

傅華看趙婷的樣子十分可憐，也覺得自己的態度有些過分了，便嘆了口氣，語調柔和了起來，說：「小婷，我跟湯曼真的只是朋友，前段時間我偶然幫過她一次，今天她是來感謝我的。可能是說話說的有點忘情，就握了我的手一下，就這麼簡單。」

趙婷看了眼傅華，哀怨地說：「簡不簡單也不關我什麼事了，你說的不錯，我們已經離婚了，有些事真是不應該再來麻煩你了。這一切都是我自己搞出來的，自作孽也只能自己受了。」

趙婷難得說出這麼理智的話來，語氣中充滿了無奈，傅華就有些不忍，便說道：「小婷，你別這樣，剛才我是一時氣憤，話說的有點過頭了，你跟John的事我怎麼能不管呢？」

趙婷苦笑說：「你管又能怎麼樣呢？John不是一樣跟我耗著不肯離婚？你也沒有什麼好招數的。」

傅華也跟著苦笑了一下，說：「被你說對了，也不知道當初你是怎麼看上這麼一個極品老公的，現在一跟他說起你，他就會哭個不停，也不說究竟想要什麼，我和小莉都煩得要命，還不好意思攆他走。」

趙婷煩惱地說：「傅華，你說我究竟要怎麼辦啊？難道我真的要起訴他要求離婚嗎？我問過律師了，說這種跨國婚姻起訴離婚很麻煩，一時半會兒辦不清楚，誒，想想我就頭大，原本以爲只要爸爸鬆口，我就能解脫了，現在看來我想的還是太簡單了。」

傅華說：「這也要怪我，當初我跟爸爸說這件事的時候，他還特別問我有沒有想清楚，現在看來，他可能早就看到會有今天這個結果的。我不該貿然的就讓他同意你跟John分手的。」

趙婷說：「話不能這麼說，我不後悔跟John提出分手，我只是沒想到會陷入今天這個僵局裏去。傅華，你能不能再跟John說一說，讓他像個男人的樣子，爽快的跟我分開？」

傅華說：「恐怕我真是做不到，前幾天我還跟他談過一次，他說要好好想一想，接著就沒下文了，我也真是拿他沒招了。」

趙婷想了想說：「要不你把他趕出去算了，就是因爲你提供了他那麼好的居住條件，才讓他可以跟我這麼耗著的。」

傅華爲難地說：「我開不了這個口啊。鄭莉也不想這麼做，她對我插手你們離婚的事有些不滿，心裏很同情John，如果我再開口趕John，她會對我更生氣的。」

趙婷臉色陰暗了一下，說：「鄭莉是身在福中，不能體會到我的煎熬之苦。」

傅華看趙婷臉色那麼難看，知道自己不該一時失言，提到鄭莉反對他們離婚這件事，讓趙婷對鄭莉心中有了看法。

傅華說：「小婷啊，要不你找找爸爸吧，看他現在是個什麼想法。」

趙婷說：「我可不敢，他現在更不待見我了，我去問他還不是找罵啊？」

傅華說：「那怎麼辦，就這麼僵持著嗎？」

趙婷想了想說：「要不你去問問爸爸吧，他一向對你很好，你去找他好說話些。求求你了，傅華。」

傅華知道再這樣子僵持下去，對誰都沒好處的，找找趙凱，也許能找到解決方案，便點點頭，答應了趙婷。

趙婷見傅華點了頭，臉上就有了笑容，說：「希望爸爸能有辦法。」

傅華說：「希望吧。」

趙婷又說：「傅華，那個湯曼的性格跟我當年很像啊，看到她就想起當年的我，是不是她對你有那個意思啊？」

傅華笑說：「別瞎說，小曼只是任性一點罷了，對我根本就沒有那個意思。」

趙婷說：「沒那個意思抓你手幹什麼，傅華，你挺有女人緣的啊，當初我一見你，就被你吸引住了，你給我一種跟我所處環境很不同的感覺，很清新，讓我身不由己的就喜歡上了你。那時候我對人生的感覺真是很美好的。」

傅華勸說：「小婷，那些都已經過去了。其實你跟John剛在一起的時候，一定也有過很美好的感覺，只是現在你厭煩了他，才會感覺日子過得很糟糕。」

趙婷苦笑了一下，說：「這倒也是，傅華，你說我這個人是不是沒什麼長性啊？」

傅華笑笑說：「有沒有長性其實無所謂啦，人生就這麼短短的幾十年，何必那麼難爲自己呢?爲什麼不能隨心所欲的過自己想要的生活呢?你這麼做並沒有什麼錯啊。」

趙婷說：「你這麼說，就是已經不恨我當初離開你了？」

傅華說：「你離開我的當時，我是有些想不開。現在想想，你對我的愛已經不在了，我就算把你留在身邊，又有什麼意義呢？」

趙婷說：「這話你應該跟John說的。」

傅華笑說：「我跟那傢伙說了，可惜他就是一根筋，聽不進去啊。」

趙婷無奈說：「這倒也是，好吧，你儘快去找爸爸談一下，看看他有沒有什麼辦法能讓我掙脫John這塊牛皮糖吧。」

晚上七點多，中天集團的財務經理藍經理依約來到了金至尊俱樂部。這是北京一家頂級的商業會所，會員大多是北京的地產精英，在地產圈很有名氣。

藍經理之所以來這裏，是因爲建行的信貸科胡科長約他到這裏吃飯，說是要介紹一個朋友給他認識。

穿過富麗堂皇的大廳，上了電梯，北京絢麗的夜景完全收在藍經理的眼底，藍經理心裏暗自感嘆，有錢人的生活就是不一樣，花點錢就能享受這麼美好的景色。

藍經理心裏之所以有這種感嘆，是因爲雖然他已經是中天集團的高級白領，但他還沒達到成爲這家會所會員的標準，他不過是一個高級的打工仔，賺取的只是固定的薪水而已，對這裏，他也只能是心中豔羨，望洋興嘆而已。

到達頂層的金至尊西餐廳，胡科長已經等在那裏了，看到藍經理，便笑笑說：「老藍啊，你可到了。」

藍經理趕忙道歉說：「不好意思啊，路上堵車，你也知道的，北京這地方晚上沒有不堵車的。」

胡科長說：「能來就好，來來，我給你介紹一個朋友認識。」

胡科長就帶著藍經理進了靠窗的一間包房，裏面有一男一女兩個人坐在那裏，看到藍經理進來，兩人一起站了起來。

男人首先向藍經理伸出了手，笑著說：「這就是中天的藍經理吧？你好，我是仇冰，在北京搞了一間地產顧問工作室。很高興認識你。」

藍經理跟仇冰握了握手，笑著說了句幸會，眼神卻不由自主的被仇冰身邊那個女人吸引了過去。

女人身穿緊身米色長裙，身材前凸後凹，玲瓏有致，燙染的鬈髮下面，一張粉臉含羞帶露，黑漆漆的大眼睛，微微外翹的朱唇，帶有一種異域的風情。

藍經理心神有些恍惚，心說今晚真是來對了，不但能吃到美食，還有美女作陪啊。

沒等仇冰介紹，藍經理就看著那個女人問道：「這位是？」

女人伸出纖纖玉手，笑著說：「我叫岳娟娟，是仇總的助理，很高興能認識您。」

藍經理心裏一陣興奮，趕忙握住了岳娟娟的手，也笑著說：「我也很高興能跟岳小姐認識。」

仇冰看藍經理握著岳娟娟的手就不肯放的樣子，心裏暗自好笑，這傢伙果然像束濤所說的那樣，是一個好色之徒。

胡科長看藍經理那副急色樣，心裏也覺得好笑，他笑笑說：「既然大家都認識了，就坐下來邊吃邊談吧。」

藍經理這才醒過神來，笑了笑說：「是啊，大家都坐吧。」

四人就坐了下來，岳娟娟媚笑著坐在了藍經理的身旁，拿起菜單，瞇著眼睛笑盈盈的看著藍經理，問道：「藍經理，你看喜歡吃什麼？」

藍經理被看得骨頭都化了，說：「岳小姐你來安排好了，我什麼都可以的。」

岳娟娟媚笑著說：「藍經理，你看你，怎麼叫人家小姐呢？小姐現在可不是什麼好稱呼，你如果不嫌棄，叫我娟娟好了。」

岳娟娟嬌聲軟語，藍經理越發的渾身酥麻，他笑著點點頭，說：「好的，娟娟。」

這聲娟娟叫得也太肉麻了一點，在一旁的胡科長雞皮疙瘩都快掉一地了，說：「老藍，先跟你說一下正事，仇老弟呢，是我一個朋友，他現在做的行業正與你們中天集團有關，他讓我介紹跟你認識，是希望你在中天有機會能照顧照顧他。」

岳娟娟用媚眼瞟了一下藍經理，嬌笑著說：「藍經理，我們仇總做地產行銷是很有一套的，曾經做過很多樓盤的行銷策劃，你們中天如果有什麼樓盤要推出，介紹給仇總是不會錯的。」

此刻的藍經理有點恨自己不是中天集團的林董了，要不然的話，他一定會豪氣的對岳娟娟說，以後中天有什麼樓盤都交給他們工作室來策劃。可惜他只是一個財務經理，對這個並沒有決定權，只好說：

「娟娟你放心，有機會我一定會把中天的業務介紹給你們工作室來做的。」

岳娟娟高興地說：「那真是太謝謝你了，一會兒我一定要好好的敬你一杯酒。」

藍經理笑笑說：「不用這麼客氣的。」

藍經理嘴上說是不用客氣，心裏卻很期待岳娟娟的敬酒，能跟美女碰杯喝酒，酒不醉人人也會自醉的。

四人就點了牛排紅酒，岳娟娟守著藍經理，一會兒低頭媚笑，一會兒抬頭用仰慕的眼神盯著藍經理看，把藍經理搞得心蕩神迷，都不知道紅酒牛排是什麼味道了，眼中就只有娟娟一個，幾乎不能自持。

守著美女，時間就過得飛快，一晃就到十點鐘了，胡科長看了看時間，說：「很晚了，散了吧？」

藍經理卻有意猶未盡的感覺，他看了看表，說：「老胡啊，這才十點而已，幹嘛急著回去啊？」

胡科長說：「再晚，我就會被關在門外了。」

仇冰在一旁笑說：「胡科長，不需要這麼怕老婆吧，走走，去下面的夜總會坐坐。」

藍經理也勸道：「就是嘛，去下面夜總會玩一下再走也不遲，難道你老婆能吃了你不成啊？」

胡科長推辭說：「老藍啊，你跟仇老弟一起去玩吧，我真是不能留下來的。」

藍經理失望地說：「這就沒意思了吧？」

胡科長抱歉地說：「真是很抱歉，沒關係，你跟他們去玩嘛。仇老弟，今晚你可一定要讓藍經理盡興啊！」

仇冰一副莫可奈何地說：「你這個怕老婆鬼，好啦，趕緊走你的吧，我會安排藍經理好好玩的。」

胡科長就離開了，岳娟娟就挽著藍經理，和仇冰一起去了下面的夜總會，仇冰開了一間至尊包房，叫了一瓶馬爹利藍帶洋酒，和幾個下酒的果盤之類的。

岳娟娟眼神迷離的爲藍經理斟滿了酒，笑著說：「來，藍經理，這杯酒我敬你。」

藍經理此時已經有幾分酒意了，本來就在岳娟娟面前失去自制能力的他，此刻更是無法把持自己，便豪氣的跟岳娟娟碰了杯，說：「乾了。」說完就仰脖把杯中酒給喝光了。

岳娟娟豎起了大拇指，說：「爽快，我就喜歡藍經理這樣的人，這樣才是真正的男人氣概呢。」岳娟娟說完也將杯中酒乾掉了，緊接著又給藍經理斟滿了酒，兩人嬉笑著又乾了一杯。

幾杯酒下肚之後，兩人都有些醉意了，岳娟娟似乎有些坐不住的樣子靠在藍經理身上，藍經理也放開了，像是無意的把手放到了岳娟娟的腰部，如果不是仇冰還在的話，估計這時候他早就把岳娟娟擁入懷裏了。

好像是老天爺也知道仇冰此刻有些礙眼似的，恰在此時，仇冰的手機響了起來，他接通之後，便聽到一個女人說：「誒，很晚了，你還不趕緊回來啊？」

仇冰笑笑說：「行了老婆大人，我馬上就往回趕，好不好？」

掛了電話之後，仇冰歉意的對藍經理說：「不好意思，我老婆催我了，我要走了。藍經理啊，我有幾句話跟你說一下。」

仇冰便從皮包裏拿出一張卡，放到藍經理面前，說：「這個呢，藍經理你收下，裏面也不多，就十萬塊，我們交個朋友。」

藍經理有些爲難地看了看仇冰，說：

「仇總，這個嘛，我可不一定能幫上你什麼忙啊。」

仇冰笑說：「也沒什麼，只要藍經理在中天有什麼樓盤推出的時候，能提前通報我一下，幫我引薦引薦，其他的就交給我來處理好了。成或者不成我都能接受的。當我是朋友，你就收下吧。」

岳娟娟在一旁幫腔說：「是啊，藍經理，我們仇總做人很豪爽的，這是他交朋友的一點心意，你就收下吧。」

藍經理心想：仇冰的要求他倒是能夠達到，加上岳娟娟用哀求的眼神看著他，讓他馬上就有一種答應下來的衝動，便說：「那我就交仇總這個朋友了。」

岳娟娟就伸手拿起卡來，塞進了藍經理的衣兜裏。

仇冰看藍經理收下了卡，目的已經達到，便笑笑說：「你們繼續玩吧，我要回去跟老婆報到啦。」

藍經理正覺得仇冰礙眼呢，便說：「好了好了，仇總就趕緊走吧，別回去晚了叫弟妹罵了。」

仇冰說：「那我就走啦，小岳啊，要陪藍經理玩好啊。」

岳娟娟笑笑說：「放心吧，我會好好陪藍經理的。」

仇冰離開後，偌大的包房裏就剩下藍經理和岳娟娟兩個人了。

就他們兩個人，藍經理反而有些尷尬了起來，他想對岳娟娟有進一步的舉動，可是又擔心岳娟娟會不願意，畢竟岳娟娟是個正當上班族，而非高級的陪侍人員，便乾笑著說：「娟娟啊，我們接下來玩什麼？」

岳娟娟曖昧地看了看藍經理，說：「你說玩什麼，我們就玩什麼。」

這裏面的暗示已經很明顯了，藍經理事到臨頭卻有些退縮，他不敢說他心中想要跟岳娟娟幹什麼，反而乾咽了一下唾沫，說：「來，我們繼續喝酒吧。」

岳娟娟對藍經理膽怯的樣子感到十分的好笑，她湊到藍經理面前，衝著藍經理的鼻子哈了口氣，嬌笑著說：「藍經理啊，你是不是想把我灌醉了，好對我做些什麼啊？」

藍經理被說中了心事，臉上一熱，乾笑著說：

「那裏，娟娟你不要把我想的那樣子嘛。」

岳娟娟卻伸手過來攬住了藍經理的脖子，用舌頭在藍經理的耳垂上舔了一下，嬌聲說：「可是人家想要你對我做點什麼嘛，這可怎麼辦呢？」

一股酥麻頓時湧遍了藍經理的全身，他一下子將岳娟娟推倒在沙發上，就去撕扯岳娟娟的衣服。

岳娟娟笑了起來，說：「你啊，要麼就不敢動手，動起手來卻又這麼猴急。別這樣嘛，在沙發上多不舒服啊，我們去開個房間吧。」

藍經理點點頭，就擁著岳娟娟衝出俱樂部，上了他的車，開車去找地方開房間去了。

金至尊的停車場裏，仇冰和束濤冷眼看著藍經理帶著岳娟娟匆忙的離開。

仇冰的臉上露出了冷笑，說：「這傢伙看上去一本正經的，沒想到這麼急色啊。束董，我真是佩服你啊，你只跟這傢伙見了一次面，還是在那種推薦會的正規場合，你怎麼能一眼就看出這傢伙是色中餓鬼呢？」

束濤笑笑說：「你不用佩服我，說穿了一文不值的。我之所以知道這傢伙好色，是因為我跟這傢伙攀談的時候，這傢伙的眼神根本就不在我身上，而是在不斷地偷看會場上服務的那些漂亮小姐們，我甚至看到他強忍著不露出來那種咽口水的舉動，就知道這傢伙對這些漂亮女孩是饞涎欲滴的。」

仇冰笑說：「你真是老江湖，觀察人仔細入微啊。」

束濤笑笑說：「也沒什麼仔細入微了，看的人多了，難免會注意一些細節的。誒，這個女人不錯嘛，你從那裏找來的？」

仇冰得意地說：「這是我從仙境夜總會找來的頭牌小姐，手段一流，人又漂亮，男人鮮有不拜倒在她的石榴裙下的。這一晚藍經理可真是要享盡豔福了。」

束濤笑了起來，說：「那就讓他享盡這個豔福吧，這樣子明天早上我找他談的時候，他也就不會覺得太過吃虧了。」

兩人哈哈大笑了起來，笑完之後，仇冰發動車子，兩人便離開了金至尊俱樂部。

請續看《官商鬥法》Ⅱ 5驚傳黑名單

官商鬥法II 四 民不與官鬥

作者：姜遠方
發行人：陳曉林
出版所：風雲時代出版股份有限公司
地址：105台北市民生東路五段178號7樓之3
風雲書網：http://www.eastbooks.com.tw
官方部落格：http://eastbooks.pixnet.net/blog
Facebook：http://www.facebook.com/h7560949
信箱：h7560949@ms15.hinet.net
郵撥帳號：12043291
服務專線：(02)27560949
傳真專線：(02)27653799
執行主編：朱墨菲
美術編輯：風雲時代編輯小組

法律顧問：永然法律事務所 李永然律師
北辰著作權事務所 蕭雄淋律師

版權授權：蔡雷平
初版日期：2016年4月
初版二刷：2016年4月20日
ISBN：978-986-352-293-5

總經銷：成信文化事業股份有限公司
地　址：新北市新店區中正路四維巷二弄2號4樓
電　話：(02)2219-2080

行政院新聞局局版台業字第3595號 營利事業統一編號22759935

定價：280元　特惠價：199元

國家圖書館出版品預行編目資料

官商鬥法II / 姜遠方 著. -- 初版. -- 臺北市：
風雲時代，2016.01 -- 冊；公分

ISBN 978-986-352-293-5（第4冊；平裝）

857.7　　104027995